ロングフェローの英詩

「人生の詩篇」を読む

手島郁郎

手島郁郎文庫

吉野山・竹林院 に立つ手島郁郎

「人生の詩篇」の作者
ヘンリー・W・ロングフェロー
（一八〇七―一八八二年）

ロングフェローの家＜マサチューセッツ州・ケンブリッジ＞
ここで彼は、ハーバード大学教授として、また詩人として、充実した後半生45年間を過ごす。かつてG.ワシントンも住んだという由緒ある邸宅。

編者はしがき

「文学とは高尚《こうしょう》なる理想の産なり」（内村鑑三《うちむらかんぞう》）という言葉がありますが、ヘンリー・ワズワース・ロングフェロー（一八〇七〜一八八二年）は、まさしく十九世紀アメリカの理想主義的な詩人でした。

彼が生きたのは、アメリカが独立戦争を戦って自由を勝ち取ってから数十年のころで、アメリカが精神的に最も輝《かがや》いた時代といわれます。そのような時代の息吹《いぶき》の中で、ロングフェローは、単純《たんじゅん》でわかりやすい詩によって勇気をうたい、明るくたくましい精神をうたい、建国したばかりのアメリカの民衆《みんしゅう》を励《はげ》ましました。その代表作の一つが、「A Psalm of Life《アサームオブライフ》　人生の詩篇《しへん》」です。

アメリカが世界一の大国になった背景《はいけい》には、この詩に記されたような、希望に満ちた雄々《おお》しい精神があったのです。

本書は、このロングフェローの「人生の詩篇」を主題に、一九六一年一月、奈良県の吉野山《よしのやま》・竹林院《ちくりんいん》にて、手島郁郎*が若い人々を前に、希望と理想と聖書の信仰に燃えて生きる人生観を語ったものです。

新しい世紀は若者によって拓《ひら》かれる。

若い魂の目覚めは次の時代への希望であり、要請《ようせい》です。

この書によって、若い皆さんは勝利の人生をどのように生きたらよいか、その力と希望を発見するでしょう。また晩年《ばんねん》を生きるかたがたは、死を超《こ》えて生きる勇気を見《み》出《いだ》されるでしょう。

本書を読まれるお一人おひとりが、〝時の砂上《さじょう》に尊《とうと》い足跡《あしあと》を残す〟ような生涯《しょうがい》を歩まれますよう祈りつつ。

二〇一九年十月一日

＊手島郁郎…一九一〇～一九七三年。三十代後半まで実業人として活躍。戦後間もない一九四八年、阿蘇《あそ》山中にて見神《けんしん》し、独立伝道に立つ。キリストの聖霊は今も生きて働いているという、聖書そのままの信仰を伝えた。

目次

人生の詩篇

《英詩和訳》

人生の詩篇（A Psalm of Life）

ヘンリー・W・ロングフェロー作

〈若い人の心が詩篇の作者に対して語ったこと〉

我に語るなかれ、悲しげな詩篇にて、
「人生はただ一つのむなしい夢なり！」と。
なぜなら、眠っている魂は死んでいる、
そして、物事は思われているとおりではないからだ。

人生は現実《リアル》である！　人生は熱誠《アーネスト》である！
そして、墓場はそのゴールではない。
「汝塵《なんじちり》なれば、塵に帰る」とは、
魂について言われたのではなかった。

享楽《きょうらく》にあらず、悲哀《ひあい》にもあらず、
我らの定められた目的と道とは。
行動することだ、明日ごとに
今日よりは一層《いっそう》進んだ我々を見出《みいだ》すように。

芸術は長く、時は疾《と》く去りゆく。
そして、我らの心臓《しんぞう》は強く勇ましくとも、
なおも、覆《おお》われた鈍《にぶ》き太鼓《たいこ》のごとく

墓場への葬送《そうそう》行進曲を打ちつつある。

この世の広い戦場においても、
人生の露営《ろえい》においても、
唖《おし》のように追われる家畜《かちく》のごとくあるなかれ！
闘争《とうそう》における英雄《ヒーロー》であれ！

「未来」に頼るなかれ、いかに愉《たの》しくあっても！
死んだ「過去」をして、その死者を葬《ほうむ》らしめよ！
行動せよ、行動せよ、生ける「現在」に！
内には心《ハート》、頭上には神！

偉大《いだい》な人々の生涯《しょうがい》は、すべて我らに思い起こさせる、我らは、我らの人生を崇高《すうこう》ならしめうることを。
そして、去り逝《ゆ》くとも、我らのあとに
時の砂上《さじょう》に、足跡《あしあと》を残しうることを——

その足跡は——多分、他の人、
人生の厳《おごそ》かな大海原《おおうなばら》を航行しつつある
一人の孤独《こどく》な難破《なんぱ》した兄弟が、
それを見るとき、再び勇気を取《と》り戻《もど》すであろう。

されば、我らは立ち上がって行動しようではないか、
いかなる運命にも、勇気をもって。
なおも成《な》し遂《と》げつつ、なおも追求しつつ、
学ぼうではないか、働くことを、そして待つことを。

「人生の詩篇」を読む

手島郁郎

なぜこの詩を読むか

H・W・ロングフェロー作の「A Psalm of Life《アサームオブライフ》 人生の詩篇」という英詩は、私が商業学校三年のころから「心の詩篇」として愛誦《あいしょう》してきた詩です。劣等感《れっとうかん》にひるむ時、人生に悩《なや》む時、この詩はいつも勇気と希望を与えてくれました。

聖書には詩篇*が百五十篇《ぺん》ありますが、もし一篇増やすならば、私はこの「人生の詩篇」を第一五一篇としてつけ加えたいと思うほどです。百五十篇中には、珠玉《しゅぎょく》のような二、三十篇の詩がありますが、これは、それにも匹敵《ひってき》するだけの価値《かち》を有するところの詩であります。

なぜこの詩を読む必要があるかというと、

「私たちがどのような人生観をもっているか、ということが、私たちの生涯《しょうがい》をどのように築いてゆくかを決定する」からです。

人間は考える動物でして、自分が思想するように人格形成され、生活も作り上げられてゆきます。その意味において、ぜひとも、希望と勇気に溢《あふ》れた人生観を確立することが大切です。

イエス・キリストは、

「あなたの信ずるように、あなたに成れ！」と言われました。それは、現在、あなたが何を信じ、いかに考えているかということが、あなたの運命を決定させ、あなたの未来を結晶《けっしょう》させるからです。

神を想《おも》い、神を愛すれば、あなたは神の子となり、地上を思い、地を愛すれば、あなたは土と化します。

今の西洋流のキリスト教の信仰は、あまりに暗く、あまりに悲しいです。

信仰が厳《きび》しく道徳的で冷たいものならば、人生を喜んで生きたいと思う人はついてゆけず、心にコンプレックス（葛藤《かっとう》）が起きて、どうも信仰と生活が両立しない。

しかし、もしこの「人生の詩篇」に述べられているようなことが聖書の信仰であり、人生に対する態度であるならば、だれでも信仰なくして生きるなんてできるものではない。優《すぐ》れた人生を送ろうと思ったら、信仰なくして可能だろうか、と思います。

信仰とは、人生を力強く生きることなのです。

私は努めてこの詩を朗読《ろうどく》しました。それは、悲観的なこの世のキリスト教に抵抗《ていこう》し、その悪い影響《えいきょう》から脱出《だっしゅつ》して、もっと自由で積極的な信仰を確立するためにも、この詩を日々朗読しながら自分を励《はげ》まさざるをえなかったのです。そうして励み励ましてきたからこそ、私は信仰を全うしつつあると思います。

このような人生の詩をもつことが、皆さんがたにもきっとよい影響を与え、今後の生涯《しょうがい》が変えられることと思います。

今の時代には、こういう詩を読んで、自分を鼓舞《こぶ》することが特に必要であることを痛感《つうかん》します。

青年のための詩篇

作者のヘンリー・ワズワース・ロングフェローは、一八〇七年に生まれたアメリカの詩人です。

彼は、大学を卒《お》えると、ヨーロッパに数年留学し、帰国後は母校の教職につきました。やがてハーバード大学に迎えられ、フランス語、スペイン語の教授として教えるかたわら、優《すぐ》れた翻訳家《ほんやくか》としてヨーロッパ文学を紹介《しょうかい》し、また詩人として詩の大衆《たいしゅう》化《か》に努めました。

彼の生きた時代は、アメリカが独立戦争（一七七五―八三年）をイギリスと戦って、自由を勝ち取ったあとの建国途上《とじょう》の勃興期《ぼっこうき》にありました。西部開拓《かいたく》の最中で、自由の新天地を求める開拓者魂がみなぎっていた時代です。従来のイギリス植民地の保守的ムードを破って、文学、思想、また宗教にも、R・W・エマーソン*やW・ホイットマ*

ンなど優《すぐ》れた人物を輩出《はいしゅつ》し、アメリカ独自の自由な社会を創造《そうぞう》しようとの気運が高まっておりました。

アメリカが世界の第一等国となったのについて、その建設時代には、この「人生の詩篇」のような希望に満ちた詩がうたわれていたからこそ、優《すぐ》れた国を創《つく》り上げることができたのだと思います。

果たして、今このような詩が読まれているかどうかわかりませんが、常に時代を興すようなときに、喜んで読まれるところの詩は、このような勇健な詩であります。

私は若い諸君《しょくん》に、この人生詩を読むことを通して、未来に夢みることを教えたい。そして偉大《いだい》な日本の歴史を担《にな》うような者となってほしいと願います。

私は英語の学者ではありません。だから、ここで英語の講義をするのではない。ロングフェローがアメリカの建国途上《とじょう》にあった青年たちを励《はげ》ました詩でありますから、皆さんがこのような人生観をもつならば、やがて皆さんの未来が変わってくると信ずるから、共に読みたいのです。

序詞について

〈若い人の心《ハート》が詩篇の作者に対して語ったこと〉

（*What the heart of the young man said to the psalmist*）

まず、この詩の言わんとする背景《はいけい》が冒頭《ぼうとう》に書かれています。

「psalmist　詩篇の作者」というのは、旧約聖書にある「詩篇」、その作者に対して、ということです。

聖書は、長い間のイスラエル民族の歴史を通して書かれたものです。民族の父祖アブラハムやモーセの時代から、士師時代、サムエル以降の預言者《よげんしゃ》の時代、ダビデの王朝時代、というような各時代を経て、それぞれが書かれ、読まれてきました。

ある場合には、勝利の喜びと勇気に満ちた優《すぐ》れた詩があります。明るい希望の詩もあり、信仰の詩もあります。しかしまた、国滅《ほろ》びてバビロンに捕囚《ほしゅう》されるなど、ひどい運命に幾度《いくど》もあったイスラエル民族ですから、ある場合には、悲しい叫《さけ》びと嘆《なげ》きの詩もあります。すっかり魂が消沈《しょうちん》しきって、「このまま死んでしまうなら、神様、もう私はたまりません」というような、人生のどん底にうめく暗い詩も幾《いく》つかあります。(詩篇三八篇、三九篇など)

ロングフェローは、何も「詩篇」の全部に対して抗議《こうぎ》するわけではないでしょうが、確かにその中には、暗い、寂《さび》しい、これが信仰だろうかと思うようなことも赤裸々《せきらら》に書いてあります。それはそれでいいんです、聖書を一貫《いっかん》して読んで救われるんですから。

神に救われる前の状況《じょうきょう》が暗ければ暗いほど、救いの大きさも格別ですから、聖書全体を通読すれば、「風前の灯火《ともしび》のような人生の谷間から救われてよかった」と言って、救いの喜びをうたうことができます。

けれども、ある詩だけを断片的《だんぺんてき》にとらえて読みますと、これがほんとうに聖書の詩だろうか、と疑問《ぎもん》をもちます。神もないかのように、ため息をついて死んでゆくような詩は読みたくない、と私も思っております。

それで、ロングフェローは「詩篇」の作者に何か抗議《こうぎ》したい、若い魂はこういう詩を読むに耐《た》えがたい、と言いたげです。

それでは、第一連から読んでゆきます。

＊詩篇…旧約聖書の中の一書。「詩篇」の原語は「テヒリーム」で、神への「賛美の歌」の意。古代ヘブライ人が詠《よ》んだ宗教詩百五十篇を集めたもの。詩が詠《よ》まれた時期は、紀元前十三世紀ころから紀元前三世紀ころまでの、およそ千年に及《およ》ぶといわれる。
＊ラルフ・W・エマーソン…一八〇三〜一八八二年。アメリカの思想家、詩人、エッセイスト。マサチューセッツ州東北部の町・コンコードに住み、「コンコードの賢者」と称された。コンコードは、独立戦争の発端となった戦闘の地として、アメリカ史上に有名な地であり、ルイーザ・M・オールコット、H・D・ソロー、N・ホーソーンなどが住んだ文化の町として知られる。彼の思想は、W・ホイットマンやH・

D・ソローのような同時代人だけでなく、現在に至るまでアメリカや世界じゅうの思想家、著述家に影響を与えつづけている。主著は、『自然論』『代表的人間論』など。

＊ウォルト・ホイットマン…一八一九～一八九二年。アメリカの詩人。民衆《みんしゅう》の喜びと悲しみを自由な形式でうたい、民衆詩のさきがけとなった。アメリカ民主主義の代表的詩人とされる。主著は、『草の葉』『民主主義の未来像』など。

第一連　悲しげに語らないでくれ

（第一連）

我に語るなかれ、悲しげな詩篇にて、
「人生はただ一つのむなしい夢なり！」と。
なぜなら、眠っている魂は死んでいる、
そして、物事は思われているとおりではないからだ。

Tell me not, in mournful numbers,
“Life is but an empty dream!”
For the soul is dead that slumbers,
And things are not what they seem.

Tell me not, in mournful numbers,「私に語るな、悲しげな詩篇で」(mournful は、「悲しみに沈《しず》んだ、悲しみを誘《さそ》う」の意)

「悲しげな詩篇では私に語らないでくれ。もし語るならば、もっと喜ばしい詩篇を若い魂にはうたって聞かせてくれないか」と、ロングフェローは若者たちのために抗《こう》議《ぎ》しています。これは悲しげな詩篇に対する一つのプロテスト、抵抗であります。同様に私も抗議したい。これは大事なことです。

私たちは、悲しげな人生観を一切、心の中から締め出《シャットアウト》したい。消極的ないじけた考え方は、絶対に排斥《はいせき》してしまうことが必要です。

世のキリスト教会では、そんな悲しげな詩が、「ああ深刻《しんこく》だ、罪の深さを嘆《なげ》いて深刻だ。実にドストエフスキー*的な暗さがただよっていて、この詩篇の作者は目覚めている」とか、「キェルケゴール*的だ。これは近代的だ、実存的だ」とか言っているが、勘違《かんちが》いもはなはだしい。

深い思想かもしれないが、それは悪魔的《あくまてき》な虚無的《きょむてき》な深さであって、天の高きに上るような信仰ではない。高きにある者が深きに下ることはできても、深きにある者が高きに上ることはできません。

「私は傲慢《ごうまん》な人間でした。今度という今度は、神のムチに打たれて罪を知りました。ほんとうに私は罪人です」と、悲しげに罪のざんげや告白をしたら、「まあ、あの人は立派《りっぱ》なクリスチャンだ」と感心する。そんな教会流の悲しい神学や教理の上に、勝利の信仰は、絶対に確立できません。こういう信仰に対してロングフェローは抗議《こうぎ》している、「そんな悲しげな詩篇なんか引用してくれるな！」と。

光明と希望に満ちた人生観

さて、その悲しげな詩篇というのはどんな詩かというと、

Life is but an empty dream!「人生はむなしい一片《いっぺん》の夢にすぎない！」などというものです。

聖書の詩篇三九篇にあるように、「人生は、はかなく無にひとしい、むなしい一場の悪夢だった」というなら、信仰があるといっても、ないのと同然です。結局、その人が暗い信仰や虚無的《きょむてき》な考え方をもっていたら、虚無的な人生しか生きることができません。

豊臣秀吉《とよとみひでよし》は、「浪花《なにわ》のことも夢のまた夢（夢の中で夢を見ているような、なんともはかない人生だった）」と言いながら死んでゆきました。そんな、「この世は、はかない夢でしかない」というような、悲しい詩で私には語ってほしくない！

For the soul is dead that slumbers, 「なぜなら、眠《ねむ》っているところの霊魂《れいこん》は死んでいるからだ」（**slumber** は、「うたたねする、居眠りする」の意）

居眠りしている霊魂、信ずる心が眠っている魂は、死んだ魂と同然です。

人間が万物の霊長であるゆえんは、魂が目覚めて神を知るからであります。

神を知らぬ魂は、眠りこけている。そういう連中が、「人生はむなしい悪夢にしかすぎない」と言ったにしても、私たちは彼らの思想や意見は聞きたくない。ニーチェ*

のような虚無的《きょむてき》な考え方では語ってほしくない。なぜなら、その人の心にあるものが結局は実現するからです。

自分は何をしたいのか。人生を全うするためには、明るい希望と力に満ちた人生観の確立、夢の確立ということが大事になってくるんです。いつでも、大きな輝《かがや》かしい理想を心に燃やして生きるんです。これは、おろそかにはできない問題です。

And things are not what they seem.「そして物事は、それらが思われているところのものではない」

物事というのは、彼ら虚無主義者が「人生はむなしい夢物語だ」と考えているようなことではないんだ。それは思い違《ちが》いだ。人生の出来事にはすべて意味があるし、充《じゅう》実《じつ》したものなんだ。

魂が眠《ねむ》りこけているような連中、正月酒に酔《よ》いしれているような連中の考え方というものは、本当の事物の真相を知っていない。この世の人が何を言おうが、私たちは死んだ魂の常識を受け入れる必要はない。否定的《ひていてき》、悲観的な考えに対して、いつも決然として、「No!《ノー》（否《いな》！）、No!」と言って進むことが大切です。

あなたの夢が、あなた自身を決定する

私たちは、どのような人生観をもつか！

勝利の人生観、雄々《おお》しい尊《とうと》い生涯《しょうがい》を送ろうと欲するか、それとも、ひ弱でうつろな敗北の人生観か？

その人の夢、その人の理想が、その人を決定します。

私は新年ごとに、年頭の祈誓《きせい》をします。

自分の生涯にかける祈願は何か、この一年にかける誓願は何か。

人間は、自己《じこ》を精いっぱいに実現させたときに、ほんとうに魂の満足感があります。

新年にせっかく描《えが》き抱《いだ》いた夢も、うっかり人の常識、時代の風潮《ふうちょう》、テレビ、ラジオ、新聞などの思想に汚染《おせん》されると、すぐに壊《こわ》され、奪《うば》われてしまいます。

この世の声に振《ふ》り回《まわ》されてはなりません。

思想というものは恐《おそ》ろしいものです。姿《すがた》がない。見えないけれども、これが心を占《せん》領《りょう》してしまったら、もう思想の奴隷《どれい》となって、よほどのことがなければその思想から抜《ぬ》け出《だ》せません。

私たちは、現代文学のような暗いはかない読み物に対して、「No!《ノー》（否《いな》！）」と言って整理することが大事です。青年期に、虚無的《きょむてき》、頽廃的《たいはいてき》な暗いものを読んでむしばまれた魂は、ついに花咲《さ》かず、老年になって実に惨《みじ》めで気の毒です。

若いころ、勉強のできが少しくらい悪い人間でもいい。

大きな夢をもって生きる人は、ついに人生を全うすることができます。

私たちは、どこまでも建設的な、積極的な夢に生き抜こうではありませんか。

＊フョードル・ドストエフスキー…一八二一～一八八一年。トルストイと共に、十九世紀ロシアを代表する小説家。社会と人間の深部を描《えが》いて、二十世紀文学に大きな

影響《えいきょう》を与えた。主著は、『罪と罰《ばつ》』『悪霊』『カラマーゾフの兄弟』など。
＊セーレン・キェルケゴール…一八一三～一八五五年。デンマークの哲学者《てつがくしゃ》。現代実《じつ》存《ぞん》哲学の先駆者《せんくしゃ》。主著は、『あれか、これか』『不安の概念《がいねん》』『死に至《いた》る病』など。
＊フリードリヒ・ニーチェ…一八四四～一九〇〇年。ドイツの哲学者。神の死を宣言《せんげん》してニヒリズム（虚無主義《きょむしゅぎ》）の到来《とうらい》を告げた。その影響は、実存主義やポスト構造主義にも及《およ》ぶ。主著は、『悲劇《ひげき》の誕生《たんじょう》』『ツァラトゥストラはかく語りき』『善悪《ぜんあく》の彼岸《ひがん》』など。

第二連

人生はリアルだ、人生は熱誠だ！

（第二連）

人生は現実《リアル》である！　人生は熱誠《アーネスト》である！
そして、墓場はそのゴールではない。
「汝塵《ちり》なれば、塵に帰る」とは、
魂について言われたのではなかった。

Life is real! Life is earnest!
　And the grave is not its goal;
"Dust thou art, to dust returnest,"
　Was not spoken of the soul.

Life is real!「人生はリアルである！」

real リアルというのは、〝真実〟というより、むしろ〝現実〟です。

理想主義者（アイデアリスト）に対して、現実主義者（リアリスト）という言葉があるように、生きるということはありありとした現実なんです。抽象的《ちゅうしょうてき》な議論《ぎろん》ではありません。

人生を、何か夢のように虚無的《きょむてき》な、はかないものと思っている者に対して、私たちは、「ライフ・イズ・リアル！　人生はありありとした現実だ！　現実に生きていない人生は人生ですらないんだ」

「君の人生は抽象や議論や理屈《りくつ》かもしれない。だが自分においては、切実な現実なんだ、リアルなんだ」、と言いきって生きることによって、人生が変わってきます。

さあ諸君《しょくん》、「ライフ・イズ・リアル！」と大声で言ってごらん！

Life is earnest!「人生は熱誠《ねっせい》である！」

earnest アーネストは〝熱心〟とか〝真面目《まじめ》〟という意味です。

生きるということは、まっすぐなことであり、熱心なことである。

生命は率直なものです。バラの木に、菊《きく》の花が咲《さ》くということはない。バラの木は、バラの花を咲かせます。人生も同様にまっすぐなもので、ゆがんだ人生観をもつ人の人生は、結局はゆがんでしまいますし、熱意をもって生きている人には熱意ある人生が展開《てんかい》してゆきます。

生きるということはアーネスト、熱意である。熱心である！　ひたぶるな者にのみわかるものであります。偉大《いだい》な生涯《しょうがい》を送る人の一貫《いっかん》した特徴《とくちょう》は、激《はげ》しさにある。

人生の成功と失敗の分かれ道は、ひとえに熱意、熱情の有無にあります。

墓場は人生の終点ではない

And the grave is not its goal.「そして、墓場は人生の終点《ゴール》ではない」
多くの人が、なぜこの世にむなしい夢を抱《いだ》くかというと、「死んだらおしまいでしょう」と言って、墓場までの人生しか知らないからです。

例えば、私の母でも死にますと、多くの人がお悔《く》やみに来ます。「ほんとうに悲しゅうございましょう。お悔やみ申し上げます」と言われますから、私はウッとにらみます。それを顔には出しませんが、なぜ私を悼《いた》むのか。

私の母は、墓場が人生のゴールだとは思っておりませんでした。墓場を超《こ》えた、もっとより高い世界があることを知っておりました。

永遠の人生を生きる者には、墓場はただ一つの点（ポイント）、転換点《てんかんてん》である。否《いな》、むしろ本当の大いなる生命への出発点であります。そこから、さらにより高い永遠の人生が始まるんです。

信仰の生涯《しょうがい》を全うした人の告別式ほど、世に素晴《すば》らしいものはありません。私たちは声の限りに、「行ってらっしゃい！　勝ってくるぞと勇ましく、誓《ちか》って地上を出かけてください。天への凱旋《がいせん》バンザイ！」と叫《さけ》びます。これこそ、本当の宗教の来世観ではないでしょうか。死を痛《いた》ましく、悲しく思うなら、それは、ほんとうに救われていないからです。

それで、どうか年取ったかたたちも、「もう私の地上の生涯《しょうがい》はゴールに近づいた」などと絶対に言うべきではない。いよいよ息を引き取る時こそ、天の父なる神の懐《ふところ》に帰ってゆく尊《とうと》い機会です。

死は墓場でない！　人生の終着駅でない！　それで、どうか、より輝《かがや》かしい世界に入れるということを、特に老年のかたはお信じください。

「よし、もう墓場の先はいよいよ天が開ける。この体を灰《はい》にして、不死鳥のように飛んでゆこう」と思いますと、来世はほんとうに輝かしいものになります。

死は永遠の世界への跳躍台

死んだらもうおしまいだと思っている人と、死を超《こ》えて永遠の世界に生きようと思っている者とは、生きがいが違《ちが》います。生きる気迫《きはく》が違います。私はいつでも死を思う。

それは、死んだらよかろうなあ、という逃避的《とうひてき》な気持ちではない。死んでもっとよい場に打って出て、やってやって、やりまくりたいと思っております。霊界は、地上界以上に、もっと大きな働きの場です。

ですから、死は悲しいものだと考えない。これが大事です。

死と生――それは素晴《すば》らしい非連続の連続だ。死は喜びである。信仰者にとって、死は勝利だ、死は復活だ、天への凱旋《がいせん》だ！

地上限り、肉の生命《いのち》しか知らぬ世の人は、「死んだらもうおしまいだ」と、短い人生を小刻《こきざ》みに、死ぬまい死ぬまいと、か細く生きている。年取った七十歳《さい》、八十歳の爺《じい》さん婆《ばあ》さんが、養老年金をもらって細々と暮《く》らしている。私はそんな無意味な人生は送りたくない。

死は、私たちがもっと大きな世界に、三千大千世界*に飛躍《ひやく》するジャンピング・ボード（跳躍台《ちょうやくだい》）です。これはただの人生観じゃない。架空《かくう》に信じていることじゃない。死後の世界が、私にはいよいよ確実なんです！

『レ・ミゼラブル（ああ無情）』という有名な小説を書いた、文豪《ぶんごう》＊ビクトル・ユゴーは次のように言いました。

"The nearer I approach the end, the plainer I hear around me the immortal symphony of the world which invites me."

「人生の終わりに近づけば近づくほど、いよいよ明らかに私の周囲に聞く、私を招く来世の不滅《ふめつ》のシンフォニー（交響楽《こうきょうがく》）を」

これが、本当の宗教に生きる人の人生観です。否《いな》、実験であります。私たちも老年になりまして、ぜひともこの実験をしたい。墓場のかなたが恋《こい》しくて、うれしくて、ありがたくてならないように、来世の声を聞きたい。来世からの不滅の音楽を聞くほどの霊覚者《れいかくしゃ》になりたいものです。

天国のシンフォニーに比べれば、地上の音楽など、とても比較《ひかく》になりません。時として私は瞑想中《めいそうちゅう》、地上から取り去られて天上に引き上げられ、来世からの呼《よ》び声《ごえ》、不《ふ》滅《めつ》のシンフォニーを聞くことがあります。

それは体の外から聞こえてくるのではなく、私の体が楽器のように打《う》ち震《ふる》うのです。あたかも天使が私の胸《むね》をオルガンにして、あるいはハープにして、あるいはバイオリンにして妙《たえ》なる音楽を奏《かな》でているかのように、天のリズムが私を身震いさせる。ああ、もし私に五線《ごせん》譜《ふ》を書きうる才能があるならば、この天界のシンフォニーを地上の音楽に翻訳《ほんやく》するのですが！


墓場が人生の終極点、目的地ではありません。

"Dust thou art, to dust returnest,"「あなたは、ちりだから、ちりに帰る」（創世記《そうせいき》三章一九節）という聖書の言葉は、霊魂《れいこん》について言われたのではなかった。

肉体は塵《ちり》でできているから、塵に帰る。しかし、「霊はこれを授けた神に帰る」（伝道の書一二章七節）と聖書に書いてあるように、霊魂は永遠に生きる。地上はつかの間であって、私たちは永遠に生きるのであります。このことを自覚しますと、地上の短い生涯《しょうがい》もあくせくしたりしません。肉体は朽《く》ちても、霊魂《れいこん》は朽ちません。

＊三千大千世界…広大な全宇宙《ぜんうちゅう》、あるいは、広いこの世の中のこと。仏教では、須弥《しゅみ》山《せん》（世界の中心にそびえ立つ高い山）を中心とする小世界を千倍した小千世界、さらに千倍した中千世界、さらにその千倍を大千世界とし、それらすべてを合わせた大きな世界を指す。

＊ビクトル・ユゴー…一八〇二～一八八五年。フランスの詩人・小説家・劇作家《げきさっか》。フランス文学史上、不朽《ふきゅう》の足跡《そくせき》を残した。その死に際しては、盛大《せいだい》な国葬《こくそう》が営まれた。主著は、『レ・ミゼラブル』『ノートルダム・ド・パリ』『エルナニ』など。

第三連　向上一路、ただ前進せよ

（第三連）

享楽《きょうらく》にあらず、悲哀《ひあい》にもあらず、
我らの定められた目的と道とは。
行動することだ、明日ごとに
今日よりは一層《いっそう》進んだ我々を見出《みいだ》すように。

Not enjoyment, and not sorrow,
　Is our destined end or way;
But to act, that each to-morrow
　Find us farther than to-day.

私たちの人生の目的は、享楽《きょうらく》や悲哀《ひあい》ではない。

何が人生の目的であり道であるか、というならば、行動することである。

その行動とは、毎日毎日、来る明日が今日よりは一層《いっそう》前進している自分を見出《みいだ》すこと。これが人生である。

一路向上の生涯《しょうがい》を送ることが目的であり、人生の道行《みちゆ》きです。

悲しげな人生観をもっている人には、どうしても人生が全うしません。私たちは生きている間に、充実《じゅうじつ》した生涯に仕上げてゆかねばなりません。

人間は元来、悲しいものよりも、明るい朗《ほが》らかなものが好きです。一般大衆《いっぱんたいしゅう》は、しかつめらしい深刻《しんこく》なものより講談本のようなものを好み、『太閤記《たいこうき》』とか『徳川家康《とくがわいえやす》』『三国志』など、面白い読み物を読んでいる。これは人間の傾向《けいこう》です。

ところで、今のキリスト教の牧師さんたちが書いているものを見ると、キリストの福音《ふくいん》(喜びの知らせ)といいながら、深刻《しんこく》な福音、悲しい福音です。日本人は、あんな難《むずか》しい悲しげな調子はきらいです。

この詩がうたわれた十九世紀のアメリカは、新大陸、新世界を開発しつつある時でした。希望をはらんで前進してゆく時代の思想は、強く健全です。

だが、時代が衰弱《すいじゃく》し後ろ向きになると、思想は悲観主義か、あるいは享楽《きょうらく》（快楽主義のどちらかに落《お》ちこみます。現代のアメリカや日本は、快楽主義 enjoyment の文明です。このような文明は、ローマが快楽主義で崩壊《ほうかい》したように滅《ほろ》んでゆきます。藤原氏《ふじわらし》が栄耀栄華《えいようえいが》で滅んだように、豊臣氏《とよとみし》が長く続かなかったように、肉的享楽文明は長く続きません。

また一方、「sorrow 悲しみ、悲哀《ひあい》」というか、悲観主義が魂をむしばむと、重苦しい厭世的《えんせいてき》な気分が支配し、文明の力は去勢されてゆき、いずれにしてもよき時代が生まれてきません。

Not enjoyment, and not sorrow,「享楽ではない、そして悲哀でもない」

山あり谷あり、紆余曲折《うよきょくせつ》の中にも日々前進してやまない向上一路の生涯《しょうがい》、これを基調にして歩むことを、ロングフェローは高らかにうたうのであります。

生命の跳躍

But to act, that each to-morrow「行動することだ！　明日ごとに」
Find us farther than to-day.「今日よりは一層《いっそう》進んだ私たちを見出《みいだ》すように」

昨年よりも今年、今年よりも来年、昨日よりも今日、と常に前進、前進してゆかねばなりません。前進せずに沈滞《ちんたい》しているのは、生命《せいめい》がすでに老化した証拠《しょうこ》です。若く生き生きした者は、いつも前進してやみません。生命（ライフ）は、向上発展《はってん》するものです。

何ゆえに人類はここまで進展《しんてん》してきたのか。

それは、今日よりも明日が、より前進していることを見出させる、進化してやまない生命があるからです。アメーバのような単細胞《たんさいぼう》生物から霊長類までの進化、これが宇宙《うちゅう》の生命の姿です。ましてや、高次元の宗教的生命は、私たちを進化せしめるためのものです。退歩《たいほ》させたり、悲しみに沈《しず》んだり、あるいは享楽《きょうらく》にもてあそばれてよいものではない。

どうか、快楽におぼれたり、悲観して、陰鬱《いんうつ》な哲学《てつがく》――キェルケゴールとかニーチェ、ドストエフスキーなどの思想にふけったりなさらないようにしてください。「憂愁《ゆうしゅう》の哲理」は我らには無用です。魂をむしばむものを警戒《けいかい》せよ！

キリストは、悲しむ者、苦しむ者を救う御方《おかた》である。どうぞ、勝利者キリストを仰《あお》いで、悲しい人生はおやめください。このことは、お互《たが》い自分の心に銘記《めいき》する必要があります。特に若い人のハートに言い聞かせることが必要です。

自分がひるみ、沈没《ちんぼつ》しようとするとき、「ノー、今年は躍進《やくしん》の年だ、一路向上の年だ！」とお言い聞かせください。このような詩の言葉で自分を励《はげ》ますか励まさぬかで、一年間の歩みがすっかり違《ちが》ってきます。漫然《まんぜん》と暮《く》らすなら、そのままの自分です。

もし若《わか》い皆さんが、この「人生の詩篇」のような思想によって励まされたら、どんなにどえらい人物になるかわかりません。それを信仰といいます。

「行動せよ、明日ごとに、昨日よりは今日、今日よりは明日、明日よりは明後日と、一層《いっそう》進んだ自分を発見せよ」。毎日毎日を、よりよき人生が繰《く》り広《ひろ》げられてゆくように前進することが、信仰の生涯《しょうがい》であります。

哲学者《てつがくしゃ》ベルクソン*は、「生命《せいめい》の跳躍《ちょうやく》（エラン・ビタール）」ということを言いました。跳躍しない、前進しない生命、それは死んだ生命の脱《ぬ》け殻《がら》でしかない。私たちには脱け殻など不必要です。

いつも、「Not enjoyment, and not sorrow（享楽《きょうらく》ではない、悲哀《ひあい》でもない）」と言って、自分がどうあるべきかを選択《せんたく》しなければなりません。

＊アンリ・ベルクソン…一八五九～一九四一年。フランスの哲学者。ノーベル文学賞受賞。主著は、『物質と記憶』『創造的進化《そうぞうてき》』『道徳と宗教の二源泉《にげんせん》』など。

第四連　人生は芸術である

（第四連）

芸術は長く、時は疾《と》く去りゆく。
そして我らの心臓《しんぞう》は、強く勇ましくとも、
なおも、覆《おお》われた鈍《にぶ》き太鼓《たいこ》のごとく
墓場への葬送《そうそう》行進曲を打ちつつある。

Art is long, and Time is fleeting,
　And our hearts, though stout and brave,
Still, like muffled drums, are beating
　Funeral marches to the grave.

Art is long, and Time is fleeting,「芸術は長い、そして時はすばやく過ぎ去る」「芸術は長く、人生は短い」（＊ヒポクラテス）と格言にもありますが、時は夢のように過ぎ去ってゆきます。**fleeting** とは、「矢のように飛ぶ、すばやい、つかの間の」という意味です。

生《しょう》死《じ》事《じ》大《だい》　どのように生き、どのように死ぬかの問題は、重大である
無《む》常《じょう》迅《じん》速《そく》　世の移り変わりは速《はや》く、死はすぐにやって来る
光《こう》陰《いん》可惜《おしむべし》　時間を惜《お》しまなければならない
時《とき》不待人《ひとをまたず》　時は人を待ってくれない

と古人も言う。

私がこの英詩を覚えたのは十六歳《さい》のころでしたが、今は白髪《はくはつ》になっています。早いものです。

「なあに、死後もあるから、ゆっくり行こう。永遠の生命《せいめい》だ」なんて言って、人生

を長たらしいものだと思っていると、これもまた考え違《ちが》いです。

毎日充実《じゅうじつ》して生きていないと、人生は夢のように、矢のように速《はや》く過ぎ去る。あとは死ぬばかりと思うと、はかないように思える。

しかし、「芸術（アート）は長い」。芸術的な傑作《けっさく》はいつまでも残るものです。自分は過ぎ去っても、何か地上にアートを残そう。その芸術とは、何も絵画や彫刻《ちょうこく》に限らない。文芸上の傑作もある。

私たちの眼《め》が開けたら、一切が芸術です。

伝道は「魂の芸術」だと思う。幼《おさ》な子《ご》を育ててゆくこと、教育も芸術である。

どうか人生を芸術だと思って、死後にも香《かお》るような生き方をしてください。

そのときに美しい生き方ができます。美は芸術の本質です。そして、美しいものはいつまでも残ります。美しいというのは、外側の美しさではありません。本質の美しさです。それを表すものがアートです。

一日一生

And our hearts, though stout and brave, 「私たちの心臓《しんぞう》は強く勇ましくあっても」

Still, like muffled drums, are beating 「それでもなお、音を消されたドラムのように打ちつつある」

Funeral marches to the grave. 「墓場に向かって葬送《そうそう》行進曲を」

like muffled drums とは、布でもかぶせて太鼓《たいこ》を打つときのように、太鼓のドンドンという勇ましい音が消されて、鈍《にぶ》くこもって聞こえることです。寝《ね》て枕《まくら》に耳をあてると、心臓の鼓動が耳の鼓膜《こまく》にドクドクと響《ひび》くではないか。

私たちの生は、絶えず死に向かって行進している。

心臓は強いようでも、日々、時間を刻《きざ》みつつ墓場に向かって葬送曲を打つように動いている。心臓が止まる時、私たちは墓場に到着《とうちゃく》する。

そう思うならば、この仮の世を、一日たりともゆるがせにできません。急いで人生を送らねばならない。毎日毎日の覚悟《かくご》がよほど違《ちが》わねばならない、と詩人は言わんとするのです。

＊内村鑑三《うちむらかんぞう》先生は「一日一生」と言われ、一日限りの人生と思って、日々を精いっぱい生きることが信仰者の生涯《しょうがい》だと教えられました。

去年まではどうであれ、今年こそは、毎日毎日を一生《ひとよ》をかけて、心臓《しんぞう》の鼓動《こどう》に合わせて、昨日より今日と、一歩前進、また一歩前進するような生き方をしなければならない。

そんなにしたら息切れしてしまう、と思うかもしれませんが、私たちには上から神の霊的生命がガーッと流れてきますから、

「走っても疲《つか》れることなく、歩いても弱ることはない」「主を待ち望む者は新たなる力を得、わしのように翼《つばさ》をはって、のぼることができる」（イザヤ書四〇章三一節）のであります。私たちは精いっぱい毎日、毎日、生きてゆきたい。

人生は短い。墓場はもう近い。
生きる目的のない者は、生を軽んじ、死を軽んじます。
一日の生は万金に値《あたい》す。一日一生、意義ある人生を送らねばなりません。

喜びもスリルも知らで生きんより一生《ひとよ》をかける激《はげ》しさをとれ

＊ヒポクラテス…紀元前四六〇年ころ～三七五年ころ。古代ギリシアの医師。エーゲ海南東部にあるコス島の人。科学的な態度で疫病《えきびょう》に臨《のぞ》み、綿密《めんみつ》な臨床《りんしょう》記録を残した。当時の医術を集大成し、医学の父といわれる。
＊内村鑑三《うちむらかんぞう》…一八六一～一九三〇年。群馬県高崎の人。札幌農学校の二期生。「少年よ、大志を抱《いだ》け！」の言葉で有名な、クラーク大佐《たいさ》の残した「イエスに信ずる者の誓約《せいやく》」に署名《しょめい》。後に渡米《とべい》してアマースト大学に学ぶ。
明治・大正期のキリスト教の代表的指導者・伝道者であり思想家。教会を中心に

したキリスト教に対して、無教会主義を提唱《ていしょう》。教会がなくても救われる、と訴《うった》えた。雑誌《ざっし》『聖書之研究』を創刊《そうかん》。主著は、『基督《キリスト》信徒のなぐさめ』『求安録』『余は如何《いか》にして基督信徒となりし乎《か》』『後世への最大遺物《いぶつ》』など。

第五連　闘争における英雄であれ！

（第五連）

この世の広い戦場においても、
人生の露営《ろえい》においても、
唖《おし》のように追われる家畜《かちく》のごとくあるなかれ！
闘争《とうそう》における英雄《ヒーロー》であれ！

In the world’s broad field of battle,
In the bivouac of Life,
Be not like dumb, driven cattle!
Be a hero in the strife!

この句は、とてもいいですね。

「この世の広い戦場において英雄《ヒーロー》であれ、人生の貧しい露営《ろえい》（テントなしの野営）においても英雄であれ！」「羊や牛馬などの家畜《かちく》が、群れをなして追われてゆく。シェパード犬にワンワン吠《ほ》えられながら、羊の群れが啞《おし》のように黙々《もくもく》と荒野《あらの》の涯《はて》を行進してゆく。そのようであるなかれ！」というのです。

Be a hero in the strife!「闘争《とうそう》においてはヒーロー（英雄）であれ！」

どのような場所においても、いつも人生は戦いであります。

戦う限り、勇者でなければなりません。丈夫《ますらお》でなければなりません。

どうぞ皆さん、台所の隅《すみ》っこにあっても女主人公《ヒロイン》になってください。人生のわび住まいをするような露営のときでも、英雄であってください。

神を仰《あお》いで生きる者は、ヒーローでなければなりません。

イエス・キリストは、

「あなたがたは、この世ではなやみがある。しかし、勇気を出しなさい。わたしはすでに世に勝っている」(ヨハネ伝一六章三三節)と言われました。私たちは負けるために、悲しむために信仰するのではありません。この地上で、勝ちまた勝つために信仰するのです。

このように、人生観、信仰観（考え方、信じ方）を切《き》り替《か》えねば、せっかく年頭に祈った祈りも、ついに実りません。

時代の流れ、思想の流れのままに、「あっち向け、ハイ、こっち向け、ハイ」というような人には信仰はわかりません。主体的信仰というものが、わかるものでない。組合運動の指導者から、「組合でこう決議したから、さあストライキをする。さあスクラムを組め、さあ街頭を行進せよ」とハチ巻《ま》きさせられ、組合の宣伝《せんでん》カーにアジられて歩く。

私はあれを見ると、「ハハァ、家畜《かちく》の群れが歩いている、かわいそうに」としか思わない。ほんとうに死活問題で戦っている労働運動ならわかるけれども、年中行事としての闘争《とうそう》であって、やれ組合の団結とか規律《きりつ》とか、やかましいことを言って手かせ足かせ、時間まで制限されて束縛《そくばく》される。あれは盲従《もうじゅう》する家畜《かちく》の群れでしかない。私たちは決してそうあっては相《あい》ならぬ。こういうことは信仰に相通じます。

アウトサイダーを誇る

「全天下が真理に背《そむ》いても私だけは背きません」というような人間、「闘争《とうそう》における英雄《えいゆう》」を目指すということが、まず信仰の第一歩です。大きいものに巻《ま》かれ、大衆《たいしゅう》の勢力によって生きてゆこうなんていう者には、絶対に信仰はわかりません。

いつの世にも、正義を踏《ふ》んで生きる人はまことに少ない！

今より六百年余りも昔のことですが、日本が南北朝*に分かれて天下を争った時代がありました。

南朝の人々は、吉野山《よしのやま》に後醍醐天皇《ごだいごてんのう》を奉《ほう》じて山間に蟄居《ちっきょ》し、雨露《あめつゆ》をしのがねばなりませんでした。しかしこの時、全日本が足利氏《あしかがし》になびきましても、楠木氏《くすのきし》や新田氏《にったし》、また北畠親房《きたばたけちかふさ》らは共に大義を立てて南朝への忠節《ちゅうせつ》を曲げませんでした。枕《まくら》する所もない山中に行在所《あんざいしょ》を置き、六十年もの年月、戦って屈《くっ》することがなかった。

これまた、楠木氏らが、人生の露営《ろえい》において英雄《えいゆう》であったことを示すものであります。

一方、九州においても、菊池氏《きくち》、阿蘇氏《あそし》が決起し、楠木氏や新田氏が滅《ほろ》びた後まで戦いつづけました。その後にも、私の先祖・手島石見守《いわみのかみ》は、九州北部の英彦山権現《ひこさんごんげん》に山伏《やまぶし》を集めて立てこもり、吉野朝が京都に帰って合体した後まで、なお戦いつづけました。ついに豊臣秀吉《とよとみひでよし》に滅ぼされるまで、大義を高唱してやむことがありませんでした。

*頼山陽《らいさんよう》が「*菊池武光《きくちたけみつ》」を礼賛《らいさん》して――

勤皇《きんのう》の諸将《しょしょう》前後に没《ぼっ》し　　南朝のために働く武士たちは相次《あいつ》いで戦いに倒《たお》れ

西陲僅《せいすいわず》かに存《そん》す臣武光　　ただ西の涯《はて》の九州にひとり忠臣・菊池武光が残った

遺詔哀痛《いしょうあいつう》なお耳にあり　　悲痛《ひつう》な先帝《せんてい》最後のお言葉は今なお武光の耳にある

竜種《りゅうしゅ》を擁護《ようご》して生死を同じうす　彼は先帝《せんてい》の御子《みこ》を奉《ほう》じて生死を共にすることを決意した（先帝＝後醍醐天皇《ごだいごてんのう》）

と詠《よ》んだが、それ以上に、殉忠《じゅんちゅう》の節義に手島氏は子々孫々まで生きました。

天下の形勢が逆転しても、正義の戦いに露営《ろえい》をしのいだ私の祖先――この血すじが、私をして今も叫《さけ》ばしめます。百人中九十九人が妥協《だきょう》しても、私は「No!《ノー》（否《いな》！）」と言う。私は世の*アウトサイダーであることを誇《ほこ》りにさえしています。

信仰は、キリストへの節操《せっそう》にあります。世がすべて賊《ぞく》となっても、主《きみ》に二心《ふたごころ》をもたないことです。

山は裂《さ》け海はあせなむ世なりとも主に二心わがあらめやも

「たとえ山が裂け海も干上《ひあ》がるような世であっても、私は主君を裏切《うらぎ》ることはありません」――この心を、魂の主であるキリストにもち続けることであります。

世のキリスト教徒がどのようにあっても、私はキリストの弟子《でし》らしく、まっすぐに生きたい。どんなに迫害《はくがい》を受けても、どんなに中傷《ちゅうしょう》誹謗《ひぼう》を受けても、私は原始福音《げんしふくいん》を伝える戦いをする。

＊原始福音…西洋キリスト教の影響《えいきょう》を受けない、イエス・キリストが伝えたままの宗教。

自分のしたいこともできずに冷や飯を食わされて、いやな思いをするような時にも、「主よ、貴神《あなた》は知りたもう。私は貴神の奴僕《しもべ》であり、貴神の子です。私は貴神の道を歩きます」と言って過ごすべきです。プロテスト（抵抗《ていこう》）の信仰をもたねば、時代に抜《ぬ》きんでて自分を全うすることはできません。

環境の支配者であれ！

だれでも、人生の大きな広い舞台《ぶたい》に立ってヒーローになることは、できるかもしれない。しかし、小さな狭《せま》い人生に閉《と》じ込《こ》められているとき、野営に枕《まくら》をしなければならぬときに英雄《えいゆう》であることは難《むずか》しいことです。

これまでに、私は多くの若い人たちに結婚《けっこん》のお世話をしてきました。聖書そのままの逞《たくま》しい信仰に生きる若い男女は、いつも無から出発する。何もない仮住まいの四《よ》畳半《じょうはん》から、スモール・ビギニングの生活が始まる。月給も安い、露営《ろえい》の生活のように悪い環境《かんきょう》である。しかし、そんな中でも、貧乏《びんぼう》をひとつも苦にしない家庭を形成してゆく。これが信仰婦人の姿《すがた》です。

「嫁《よめ》入《い》り道具なんか要《い》りません。四畳半でけっこうです。私はこんな貧乏世帯《じょたい》を張っているけれども、ヒロインですよ」と言いえてこそ、ほんとうに人生を生きている人の姿です。人生の寂《さび》しいキャンプ生活においても英雄でなければ、どうして広い闘《とう》争《そう》の庭に出《い》で立《た》つことができましょうか！

貧しいということは、少しも恥《は》ずかしいことではない。むしろ、いろいろ持っているがゆえに、物質の奴隷《どれい》になっている人が、どんなに気の毒か。私たちは貧しくても、絶対に萎縮《いしゅく》したりしてはならない。

どんなに乏《とぼ》しくとも、決して貧乏《びんぼう》じみないことです。塩をなめても、茶をすすっても、人生のわび・さびを味わうような、露営《ろえい》の勇者でなければなりません。何も持たずとも、破れ天井《てんじょう》から月の光が射《さ》しこんでも、「風情《ふぜい》があるなあ」と言って、わび・さびを楽しむような風流人でなければ、信仰はわかりません。

東洋人の心はこれです。西洋人とはだいぶ違《ちが》います。

影《かげ》はやくざにやつれても、「心の錦《にしき》を見てくれ」と言って、私たちは誇《ほこ》りをもって生きようではないか。

盗人《ぬすびと》に取り残されし窓《まど》の月　(*良寛《りょうかん》)

今の時代は、ひどい物質主義になって、何か物を豊かに持っていることが幸福の基準のように錯覚《さっかく》している。物質に取《と》り巻《ま》かれていなければ生きられない。何が無い、かにが無い、だからできない、環境《かんきょう》や境遇《きょうぐう》が悪いからできない、と言う。それは生命《いのち》が死んでいる、萎縮《いしゅく》している人の姿《すがた》です。

本当の生命《いのち》というものは、環境《かんきょう》に負けません。環境に負けるような生命――それはリアルなものではない、empty（空虚《くうきょ》）なものだからだ。現代は亡霊《ぼうれい》のような生命がウヨウヨしている。

しかし、私たちにとって、"Life is real!"（人生はリアルだ！）です。露営《ろえい》の人生をくぐった魂は強い。唖《おし》のように追われる家畜《かちく》の群れにはなるな！これが難《むずか》しい。しかし、それをなさねばならぬ。

In the world's broad field of battle,
In the bivouac of Life,
Be not like dumb, driven cattle!
Be a hero in the strife!

さあ、諸君《しょくん》よ、声を出していつもこの句を口ずさんでください。私は散歩するときでも、「追われる家畜《かちく》になるな！　闘争《とうそう》におけるヒーローであれ！」と自分を励《はげ》ますのです。

どうか皆さんがたも、この詩をもってご自分を励ましていただきたい。

そのことなくして、今年の最終段階《だんかい》において、「ああ、よかった！」ということはないからです。ただ信じて待っておればよい、というものとは違《ちが》います。かく願ったならば、どのようにしても、自ら挑《いど》んで獲得《かくとく》するのが、私たちの在り方ではありませんか！

露営《ろえい》の狭《せま》い場所にいても、随所《ずいしょ》に主となれ！　環境《かんきょう》の支配者《マスター》であれ！

仮に、使徒パウロのように牢屋《ろうや》に入れられるような時でも、勇者であってください。王様のように、王子のように生きてください。それが信仰者の道です。

私はいつでも、息子たちに言いきかせてきました、“Be a hero in the strife!”（闘争におけるヒーローであれ！）と。若いんですから、理屈《りくつ》を超《こ》えて、「そうだ！」と言って自分を励ますんです。時に妥協《だきょう》したり、萎縮《いしゅく》したりすると、「どんな時にも負けるな。

それくらいのことで負けてどうするか、やるんだ」と私は言う。これは信仰からくるんです。

〝世に勝つ勝利は、我らの信仰〟です。

キリストと共に生きている私たち、キリストの勝利の生命《いのち》を分け与えられた者が、どんな時でも負けてよかろうか。この信仰、この人生観を確立しなければ、しぶとく生きることはできません。

＊アウトサイダー…社会の既成《きせい》の枠組《わくぐ》みや価値観《かちかん》から外れて、独自《どくじ》の思想をもって行動する人。

＊南北朝時代…一三三六年、後醍醐天皇《ごだいごてんのう》が大和国《やまとのくに》の吉野山《よしのやま》に入ってより、一三九二年に後亀山《ごかめやま》天皇が京都に帰るまでの五十七年間を指す。南朝（大覚寺統《だいかくじとう》）と北朝（持《じ》明院統《みょういんとう》）とに分かれて戦った。『大日本史』を編纂《へんさん》した水戸光圀《みとみつくに》が、南朝を正統としたことにより、南朝のために戦った楠木正成《くすのきまさしげ》らは忠臣《ちゅうしん》とされた。

＊頼山陽《らいさんよう》…一七八〇～一八三二年。江戸後期の儒学者《じゅがくしゃ》。『日本外史《がいし》』『日本政記』『日本楽府《がふ》』などの史書を執筆《しっぴつ》し、幕末《ばくまつ》の尊王攘夷《そんのうじょうい》運動に大きな影響《えいきょう》を与えた。

＊菊池武光《きくちたけみつ》…？～一三七三年。南北朝時代の肥後《ひご》（熊本）の武将《ぶしょう》。後醍醐天皇《ごだいごてんのう》の皇子《おうじ》である懐良親王《かねよししんのう》を九州に迎《むか》え、その主将《しゅしょう》として南朝回復のために活躍《かつやく》した。

＊良寛《りょうかん》…一七五八～一八三一年。江戸後期の禅僧《ぜんそう》。越後《えちご》の人。生涯《しょうがい》、寺をもたず、無一物の托鉢《たくはつ》生活を営む。純真《じゅんしん》で無邪気《むじゃき》な良寛は、子供と自然を愛した。無一物でありながら、震《ふる》えている乞食《こじき》に自分の着物を脱《ぬ》いで与えるような人であった。

ある夜、泥棒《どろぼう》が良寛の寝《ね》ている庵《いおり》に入ったが、何も盗《と》るものがない。良寛はそっと布団《ふとん》からはみ出て、その布団を泥棒が盗るままにした。泥棒が去った後に詠《よ》んだ句が、「盗人《ぬすびと》に取り残されし窓《まど》の月」である。

第六連　行動せよ、生ける現在に

（第六連）

「未来」に頼《たよ》るなかれ、いかに愉《たの》しくあっても！
死んだ「過去」をして　その死者を葬《ほうむ》らしめよ！
行動せよ、行動せよ、生ける「現在」に！
内には心《ハート》、頭上には神！

Trust no Future, howe'er pleasant!
　Let the dead Past bury its dead!
Act, —act in the living Present!
　Heart within, and God o'erhead!

なんといい言葉ではないですか。これが聖書の信仰です。

未来を空想することが、どんなに楽しくとも、未来に頼《たよ》ってはならない。未来をそら頼みするな、という意味です。

未来は現在から開けてくる。現在から未来のために手を打っておかずに、よき未来が来ることはありません。現在をほんとうに生きている者に、よき未来は来るのであって、未来を開拓《かいたく》しないで、ただ未来を空想し、そら頼《だの》みしたって、そうはいきません。クリスチャンはよく「来世、来世」と言って、死んだら来世で幸福になると思っています。そんな来世は、人生にとって何も建設的な内容がありません。

過去、現在、未来、この三つは宗教的にも大問題です。

現在を、過去—現在—未来、と並列的《へいれつてき》に考えて、「過去は再び帰らず、おぼつかない。未来はまだ来ていないから、不確かで当てにならない。現在もすぐ過ぎ去ってしまうから、はかない」と思って軽蔑《けいべつ》するのが一般人《いっぱんじん》です。

また、「過去が悪いから現在が悪いのだ」と言って、過去にとらわれてもいけない。

聖書のルカ伝に、

「死人を葬《ほうむ》ることは、死人に任せておくがよい。あなたは、出て行って神の国を告げひろめなさい」（九章六〇節）という句があるが、ロングフェローは「the dead Past 死んだ過去」という表現を取っています。

過去は死んでしまったものである。その葬られた過去をせんさくしたところで、過去を救うことはできません。

人間はとかく現実が苦しいと、「昔はよかった」と言って、過去の思い出を懐《なつ》かしがります。その傾向《けいこう》は、生命《いのち》が衰退《すいたい》している人ほど多い。老人によく見受けられるものです。過去に逃避《とうひ》し、追想によって自己《じこ》を慰《なぐさ》めたがる。過去に華《はな》やかだった人は、過去がよかっただけに、思い出が身をさいなむ。また逆に、苦しい辛《つら》い思い出に悩《なや》む人もいます。

よく、「私の過去を聞いてください」と言う人があるが、私はあまり人の過去を聞くことに興味がありません。多少は聞いて、その人の成り立ちを知ることはいいですが、過去の告白が現在を救いません。「あの人の過去は、こんな、こんななのよ」と言って、人の過去ばっかり聞いて喜ぶ人種がおりますけれども、私は人の過去が何であれ、興味がありません。死んだ過去などは葬《ほうむ》ろうではないか。

キリストは、どのように過去が汚《けが》れた人間でありましても、神の王子となしてくださる！　これが私たちの信仰です。だから私たちは未来に逃避《とうひ》しない。過去にも逃避しない。生ける現在において行動する。これこそ、私たちが立ち上がる力であり、未来を築く原因です。

明るい激しい現在の意識

Act, —act in the living Present!「行動せよ、行動せよ、生ける『現在』に！」

「なかなか未来が開けません」という人に対して、私は問います、「あなたは現在、張りのある人生を生きていますか？」と。

未来は現在が作るんです。現在何を考え、何を行動し、どう信じているかが未来を作る。未来は現在から切り離《はな》されたものではない。否《いな》、現在を引っ張り上げるものが未来なんです。

現在を生かし、現在に行動することを努めずに、輝《かがや》かしい未来なんて来るものか！

現在生きている私たちにとって、自由にできるのは「現在」だけです。この現在を充実《じゅうじつ》して生かしてゆくところに生きがいがあります。

ところで、日常の生活で、私たちの生が充溢《じゅういつ》して毎日が生き生きと生命に満ちている時と、そうでない時がある。暗い意識で生きている場合は、か細い暗い現在です。しかし、目覚めた明るい激《はげ》しい意識で生きる時には、過去も未来も包《つつ》みこんでしまうような幅広《はばひろ》い現在というものがあります。

人間は時として、非常に「充実《じゅうじつ》した現在」をもつことがあります。

平凡《へいぼん》に生きている日々の中に、突如《とつじょ》としてある事件が起こったり、ある人が現れてその人の前に立ったら、体じゅうからエネルギーがみなぎって、その瞬間《しゅんかん》が白熱し、光り輝《かがや》くような経験があります。

×

これは私の一つの経験ですが、戦時中のことでした。当時三十二歳《さい》の私は、朝鮮《ちょうせん》でアルミニウムの廃材《はいざい》を再生する新技術を開発して、小さな工場を始めたことがありました。航空機の材料となるボーキサイト鉱が日本に不足している時でしたので、この優秀《ゆうしゅう》な再生技術はたちまち陸軍の注目をあびました。私の工場は軍管理工場に指定され、中国大陸各地の航空機廃材が全部払《はら》い下《さ》げられるようになりました。

この仕事の関係で、昭和十八年（一九四三年）、陸軍大臣もされた＊板垣征四郎大将《いたがきせいしろうたいしょう》から官邸《かんてい》に特別に招かれたことがあります。この時、私は異常《いじょう》に興奮《こうふん》しました。大会社の大立者《おおだてもの》ならば当然ですが、小さな町工場の、しかも三十歳そこそこの私が呼《よ》ばれるなどというのは、破格のことです。

板垣大将は私を身近に座らせ、私の事業について、いろいろと尋《たず》ねました。若い私は、生まれて初めて陸軍大将《たいしょう》と同席して話すのだと思うと、細胞《さいぼう》のすみずみまでこの光栄にときめきました。

しかしそんな時、私は緊張《きんちょう》したりしません。むしろ、この絶好のチャンスを逃《のが》してはならぬと考えて、ハッスルせざるをえませんでした。この瞬間《しゅんかん》は二度と来ないと思ったら、体じゅうから無い知恵《ちえ》まで飛び出して、

「閣下《かっか》、こうではありませんか。私のやっております仕事は、こうこうであります」と、使命感に燃えて熱っぽく語りますから、板垣《いたがき》大将が、

「フーン、フーン」と聞いてくれます。そして、

「こういう優《すぐ》れた技術が朝鮮《ちょうせん》に開発されたとは、国家のために実にありがたい。軍としてはあらゆる援助《えんじょ》をせよ」と参謀《さんぼう》に指令が出ました。

たった一回の会見でしたが、私の未来を決定するような影響《えいきょう》を与えました。

その二、三時間というものは、平凡《へいぼん》な現在ではありませんでした。眼《め》はランランと輝《かがや》き、細胞のすみずみまでときめき、あらゆる神経が動員してきて、すべてが知恵と

なり、力となって活動しました。その時、私はほんとうに充実《じゅうじつ》した現在を感じました。これは、まだこの世の成功に情熱を傾《かたむ》けていたころの若き日の思い出です。

×

これは、ほんの例《たと》えに申したまでです。

この世的な偉《えら》い人物との出会いの時間すら、こんなに充実した輝《かがや》かしい時間であるなら、ましてや霊的な大実在者――キリストという神霊――との出会い、その時間はどんなに充実した輝かしいものであろうか、と皆さんに訴《うった》えたいのです。

その時間は、「一日は二十四時間、一時間は六十分、一分は六十秒、毎日同じ時間が流れるだけじゃないか」というような、「平凡《へいぼん》な時間」をただ繰《く》り返している普通《ふつう》の人の現在とは、よほど質が違《ちが》う時――カイロス――と申さねばなりません。

＊カイロス…その瞬間《しゅんかん》からすべてが変わってしまうような、特別な意味をもった「時」を指すギリシア語。

キリストのご臨在《りんざい》にふれ、じかに御言葉《みことば》をかけられる時間――それは、真昼の太陽よりもまぶしい光に照らされる「生ける現在《リビング・プレゼント》」の意識です。全細胞《ぜんさいぼう》がときめいて、自らの全存在《ぜんそんざい》が耐《た》えられぬほどです。

神秘な光に撃たれると

二千年前の初代教会時代、クリスチャンを迫害《はくがい》していたサウロ（後の使徒パウロ）は、ダマスコ途上《とじょう》で、真っ昼間に太陽よりもまぶしい光に撃《う》ち倒《たお》されて、キリストの使徒として立たされました。

この「不思議な光に照らされる現在、光《ひか》り輝《かがや》くような充実《じゅうじつ》した現在」、これこそサウロの回心*時の状況《じょうきょう》でした。

*回心…神の霊に触《ふ》れて、心魂《しんこん》がすっかり変わってしまうこと。

「太陽よりもまぶしい光に撃たれる？　さあ、そんなことがあるだろうか？　どういう光だろうか」と、人は怪《あや》しむでしょう。しかし、回心した者はだれでも知っています、事実、不思議な光に照らされるともいうべき、激《はげ》しく一切が光《ひか》り輝《かがや》く意識の経験があることを。

私も、昭和二十三年（一九四八年）、阿蘇《あそ》の地獄《じごく》高原で神の召命《しょうめい》を受けたとき、光まばゆいまでのキリストの霊姿《れいし》に触《ふ》れて打《う》ち震《ふる》え、ひれ伏《ふ》した不思議な経験がありま す。人は、「そんなのは夢だ、幻《まぼろし》だ、想像だ」と言うでしょう。私自身、信ずることができませんでした。

その時、私はアメリカの占領軍《せんりょうぐん》の横暴《おうぼう》な軍政官に抵抗《ていこう》して追われ、阿蘇の山中に逃《に》げ込《こ》んでおりました。「軍政に手向かう危険人物《きけん》」として、ありもしない罪をでっち上げられ、「禁固二か月、沖縄《おきなわ》にて重労働」という命令が出ていたのです。これは、命を奪《うば》われることもある恐《おそ》ろしい命令で、私は人生のどん底、絶望の時でした。

阿蘇の山奥《やまおく》で、すすきの中に隠《かく》れながら、祈るだけの力も出ずに、私はため息を吐《つ》くのが精いっぱいでした。その時に、イエス・キリストは枯《か》れ柴《しば》の中に立つようにして私に現れ、預言者《よげんしゃ》イザヤの書の一節をもって語りかけられたのでした。

見神の地・阿蘇おかまど山

「たとい主は、おまえになやみのパンと苦しみの水を与えられても、おまえの師は再び隠《かく》れることはなく、おまえの目はおまえの師を見る。また、おまえが右に行き、あるいは左に行く時、そのうしろで『これは道だ、これに歩め』と言う言葉を耳に聞く。おまえは今後、祝福された生涯《しょうがい》を送るだろう」と。

私は、何かの間違《まちが》いではないかとも思いました。しかしその時、私はもう涙《なみだ》がポロポロと出て、「そうでしたか、そうでしたか」と泣くばかりでした。

キリストの御言葉《みことば》を聞いて山を下り

てからは、私は一切の事業をなげうって伝道するようになりました。それからの私が、どんなに神に守られ導かれたか、どんなに神が奇跡的《きせきてき》な伝道を繰《く》り広《ひろ》げてくださったか、神は恐《おそ》ろしいほど真実でした。

このような神に出会う聖なる経験は、新しい使命の人生に歩み入る経験です。太陽の光の中で物を見るより明らかなことがありましょうか。その太陽よりもまぶしい強烈《きょうれつ》な輝《かがや》きに撃《う》たれるなら、暗い人生から、ガーッと光り輝く生命《いのち》の光に照らされて生きる生涯《しょうがい》に入ります。

キリストの宗教は、この天よりの光に撃たれることにあります。まばゆい光に撃たれ、意識が明るくなってきますと、ふだん平凡《へいぼん》に見過ごしていたようなことの中に、「アアッ！」と新しい発見を次々とするようになります。

科学上でも、新しい事実や原理を発見した時など、その学者の喜びというものは、たとえようもありません。

キリストに出会うことは、それにも増して「こんな喜びがあろうか」と思うほど、新しい世界の異常《いじょう》な大発見の喜びです。そうして、ふだんは見過ごしていた神の助けの御手《みて》が、ハッ、ハッとわかる。毎日がサープラス（あり余る恵《めぐ》み）で、奇跡《きせき》的な恵みが押《お》し寄《よ》せるようにやって来ます。

人はそういうことを信じません。しかし、生命《いのち》が充実《じゅうじつ》している時は、それまで見過ごしていたものをハッと見つけるものなのです。生命の充実なくして、ただ見つけようとしましても、見つけることはありません。

未来をさし招く現在

多くの人の意識は暗い。しかしここに、キリストの御霊《みたま》から来る、不思議な光の意識がある。現在をはかなく生きる人々に、定年後の老後をどうして過ごそうかと望みもなく生きている人たちに、ぜひとも提供《ていきょう》せねばならぬのは、この明るい激《はげ》しい現在の意識です。

人間はだれでも、その可能性をもっている。しかし、それを知らずに埋《う》もれさせて、はかなく人生を終わるなら、なんと不幸かと思います。人は未来を案じて、「私の人生、老後は一体どうなるんだろうか」と思うけれども、強烈《きょうれつ》な現在をもっている人間は、そんなことを考えません。

＊日蓮上人《にちれんしょうにん》は、雪吹《ゆきふ》きすさぶ佐渡《さど》に流された時、「自分はここで法華経《ほけきょう》を唱え死にさえすれば本望だ」と言いました。死ぬという出来事より、現在が素晴《すば》らしいからです。うち倒《たお》されるような強烈な光が取《と》り巻《ま》く時、もう自分で考えるとか、自分が生きておるとか、思いません。

今までは貧しい乏《とぼ》しい世界に生きていたのに、キリストに出会い心が燃えだすと、眼《め》が開けて、「まあ、こんなに自分の周囲には驚《おどろ》くべき真理が、事実が充《み》ち満《み》ちていたのか！」と驚きます。実に豊かな、無尽蔵《むじんぞう》の富が、助けが待っていることを知ります。

生命《いのち》が輝《かがや》きだすと、現在が生き生きとしてくるばかりではありません。普通《ふつう》ではとても思い出せないような、かすかな過去までが、生き生きとよみがえって、現実のように迫《せま》り、現在の活動に力を貸してくれ、未来をも引き寄せます。

また未来も、「もしこうなるならば、なんとうれしいだろう」というような、かなうか、かなわぬかの淡《あわ》い願いの未来ではなくて、熱い願いが未来を引き寄せるような現在となります。

このように充実《じゅうじつ》した激《はげ》しい輝《かがや》くような現在を、毎日毎日もっている人は、過去が何であれ、悔《くや》んだりしません。未来について不安がったりしません。そのような、「生ける現在《リビング・プレゼント》」に触《ふ》れるならば、あなたの人生もどんなにか力強く充実したものとなるでしょう。

神の聖霊が心の内に輝きだすと、見えないものが見えだしてきます。今まで見えていた世界よりも、もっと強烈《きょうれつ》に見えだしてきます。聖書に、

「そしてあなたの命は真昼よりも光り輝き、たとい暗くても朝のようになる」(ヨブ記一一章一七節)とあります。人の目には荒廃《こうはい》した虚無《きょむ》の暗い世界であっても、暁《あかつき》の光に照らし出されると、驚喜《きょうき》したいような実在の多彩《たさい》な発見に、目をみはります。

優《すぐ》れた科学上の発見も、技術的な発明も、創造的《そうぞうてき》事業の大経営も、この現在の強烈《きょうれつ》な意識がもたらす所産です。終局の結論《けつろん》が手にとるように見えてくるので、「勝利はわが手にあり」とばかり、悠々《ゆうゆう》とゆとりのある大きな生涯《しょうがい》を歩けます。乏《とぼ》しくコセコセと、焦《あせ》ったりしません。

生きた現在の意識が過去を救い、未来を差《さ》し招《まね》く！

強烈な明るい現在の意識こそ、神の国の意識です。

今は人生の露営《ろえい》に枕《まくら》していてもよい。行動せよ！　行動せよ、生ける現在に！

ここにヒーロー（英雄《えいゆう》）となる道がある。

ハートで生きよ！

Heart within, and God o'erhead!「内にはハート（心）、頭上には神！」

さて、私たちが現在をほんとうに充実《じゅうじつ》して生かし行動するについて、何が大事かというと、この一句です。実にいい言葉です。私たちの内奥《ないおう》にはハートがあり、頭上には神がおられる。だから「生ける現在」を活《い》かせよ、というのです。これは重要な言葉です。

燃ゆるハートと、自分を支配したもう至高《いとたか》き神、これが私たちにとって重点でなければならぬ。最も尊《とうと》いのはハート（心）であって、ヘッド（頭）ではない。多くの人は、信仰を理性のこととしておりますが、頭は理解はしても信じることをしない。

ハートは、見えないものを直感し、ハートが信じるんです。頭は最高のものではありません。「頭の上に神がある」というところに、ロングフェローの素晴《すば》らしい思想がある。

普通《ふつう》の人は、人間の知恵《ちえ》が、頭の判断《はんだん》や考えが最高のものだと思っているときに、私たちには神が最高であります。神第一主義であって、知性第一ではない。人間の頭より偉大《いだい》なものは神です。人間は神の知恵《ちえ》、神の判断にかなわない。しかし、知性が傲慢《ごうまん》になっているのが今のインテリです。

人間の頭脳《ずのう》よ、謙虚《けんきょ》であれ！　謙虚でなければ進歩しません。

今の人々は、「頭がいい」と言われると喜びます。また、頭がいいと偉《えら》いように思ってしまう。しかし私は、「頭がいい」と言われるよりも、「あなたは、なんと優《やさ》しい、心の美しい人でしょう」と言われるほうが、どのくらいうれしいかわかりません。特に、愛情の存在《そんざい》といわれる女性にとっては、心の美しさが値打《ねう》ちです。

ハート（心）が愛するのであって、頭は愛さない。

「隣人愛《りんじんあい》」ということは、頭ではわかるだろう。しかし、愛するということをなぜしないのか。それはハートが動き出していないからです。心が燃やされていない、心が不活発なんです。頭では天国について理解していても、心が死んでいるから、神の愛に生きることができない。これは、頭だけの信仰だからです。

それで大切なことは、神が私たちの頭を照らし、臨在《りんざい》し、私たちはハートで生きるということであります。

聖書の人間観

「幸いなるかな、心の清き者、その人は神を見る」(イエス・キリスト)

信仰の世界では、心が素晴《すば》らしいことが尊《とうと》い。そして、学問もないような人が偉大《いだい》なことをします。彼らの心が美しく強く大きいからです。

聖書にも、

「油断することなく、あなたの心を守れ、命の泉《いずみ》は、これから流れ出るからである」(箴言《しんげん》四章二三節)

とあるように、何よりも心を尊び、心を大切にしなければなりません。そこから命の泉が流れてくるからです。

感受性のない人間、笑うこと、ユーモアを忘《わす》れた人生、泣くこともなく涙《なみだ》すらも出なくなった人を見ると、私はほんとうに気の毒に思います。

「頭の上に神がある」とは、知性第一、頭でっかちな者に対する鉄槌《てっつい》です。

創世記一章に、

「神は自分のかたちに人を創造《そうぞう》された。すなわち、神のかたちに人を創造し、男と女とに創造された」（一章二七節）とあります。

「人は神のかたち Imago Dei《イマゴデイ》（神のイメージ）」である、というのが聖書の思想です。人間の本質が神のイメージであることに、人間の尊貴《とうと》さを見ているのです。

しかし、今の人間はまだまだ未完成です。それでイエス・キリストは、「天の父が完全であられるように、あなたがたも完全な者となりなさい」（マタイ伝五章四八節）と言われました。ここに人間の謙遜《けんそん》があり、反省があります。

人間の理想像は、神の肖像《すがた》である。

私たちは、神に肖《に》せて創造された尊《とうと》い存在であると思うと、人間形成してゆく上に大きな進歩があります。人間評価の基準は、いかにその人が天使のごとく、神の子らしくあるかにあるのです。

それで、人間とは何であるか、どうあったらいいのかがわからない間は、人間の心は不安で救われない。しかし、聖書の人間観というものが確立すると、人間の心は癒《い》やされうるものです。

人生を勝ち抜く秘訣

ところで、聖書の人間観が、人間を神の肖像《にすがた》、神の御影《みかげ》として尊《とうと》く見ているのに、なぜ今のクリスチャンの人生観は暗いのか？　ここに大きな問題があります。

現代の文明が進むとともに増えている病は「精神病」ですが、精神科の医師は宗教をきらいます。わけてもキリスト教をきらう。それはどうしてかというと、クリスチャンから精神病者が多く出るからです。これは、西洋キリスト教のもたらした重大な欠陥《けっかん》です。キリスト教の人間観、人生観があまりにもニヒリスティック（虚無的《きょむてき》）で暗いことに原因している。

キリスト教は、「罪、罪、罪」と言って、罪悪感で彩《いろど》られた人間しか知らない。罪の問題は宗教上の大問題ですが、西洋キリスト教はただ人間を罪意識にさいなみ、心を苦しめるのみで、人間を救いません。むなしい十字架《じゅうじか》の教理を仰《あお》ぐだけで、積極的な罪の解決を知らない。罪に苦しめられている人間から罪をぬぐい取り、神の肖《に》像《すがた》を人間に奪還《だっかん》する贖《あがな》いの体験を知りません。

非聖書的キリスト教が生んだこの文明病を救うためには、どうしても、聖書本来の信仰に立ち帰らねばならない。ここに私が、主イエスとその弟子《でし》たちが生きた原始福音《げんしふくいん》を叫《さけ》びつづけるゆえんがあります。また、この「人生の詩篇」を読まねばならぬ理由があります。

私はこの詩によって、若い時から三十年間も自分を励《はげ》まし培《つちか》ってきましたが、今となってみると、全く私の実験において勝利でした。

私たちは、もっと日本人らしい清らかで明るい、朗《ほが》らかで素直《すなお》な、「直毘の霊《*なおびのみたま》」というものをもう一度回復しなければ、日本を救うことはできません。

どうか皆さんは、ハートを燃やしてください！　これが人生を勝《か》ち抜《ぬ》く秘訣《ひけつ》です。熱いハートがいつも進取的、積極的に一路向上を目指すんです。

頭で考えるよりも、まず上より神から照らされることが大切です。

ハートを燃やされて生きる人は、現在を活《い》かす。しかし、ハートが冷たくかじかんでいる人は、悲しげに憂《ゆう》うつで、生きた現在をもつことはありません。ハートが燃えねば奇跡《きせき》は起きない。頭でどれだけ考えたところで、神学から奇跡は起きません。

ハートが燃やされ、ハートが感激《かんげき》し、熱涙《ねつるい》こめて生きはじめますと、毎日毎日、ドラマチックな出来事が絵巻物《えまきもの》を繰《く》り広《ひろ》げるように起きてきます。

＊板垣征四郎《いたがきせいしろう》…一八八五〜一九四八年。岩手県に生まれる。陸軍大将《たいしょう》。一九三八年に陸軍大臣となり、その後、朝鮮《ちょうせん》軍司令官、第七方面軍司令官を務める。

＊使徒パウロ…キリスト教史上最大の伝道者。新約聖書二十七巻《かん》のうち、十三巻（ローマ書、ガラテヤ書など）はパウロが書いたものとされる。紀元六十四年ころにロー

マで殉教《じゅんきょう》。

＊日蓮《にちれん》…一二二二～一二八二年。鎌倉《かまくら》時代の僧《そう》。日蓮宗の開祖。仏法の神髄《しんずい》を法華《ほけ》経《きょう》に見出《みいだ》し、立教開宗を宣言《せんげん》。『立正安国論《りっしょうあんこくろん》』を著《あらわ》して蒙古《もうこ》襲来《しゅうらい》による国難《こくなん》を予言。迫害《はくがい》されて伊豆に流される。赦免《しゃめん》後も他宗派《しゅうは》や幕府《ばくふ》を批判《ひはん》したため、佐渡《さど》に流される。後、許されて鎌倉に帰る。晩年《ばんねん》に身延山《みのぶさん》を開く。

＊直毘《なおび》の霊《みたま》…ここでは、素朴《そぼく》に「大和心《やまとごころ》」という意味で使われている。直毘の霊は、古事記において、伊邪那岐命《いざなぎのみこと》がみそぎをした時に生まれた穢《けが》れをはらう神霊の名。国学者・本居宣長《もとおりのりなが》に同名の『直毘霊』という著書がある。彼は、漢心《からごころ》（儒仏《じゅぶつ》の思想）で汚《けが》された惟神《かんながら》の道（日本古来の霊性）を清め復古することを説いた。古代日本人が清き明《さや》けき心を尊《とうと》んだことは、忘《わす》れてならないことである。

第七連　偉大な人々の生涯を仰ぐ

（第七連）

偉大《いだい》な人々の生涯《しょうがい》は、すべて我らに思い起こさせる
我らは、我らの人生を崇高《すうこう》ならしめうることを、
そして、去《さ》り逝《ゆ》くとも、我らのあとに
時の砂上《さじょう》に、足跡《あしあと》を残しうることを――

Lives of great men all remind us
We can make our lives sublime,
And, departing, leave behind us
Footprints on the sands of time; ——

人はその仰《あお》ぎ見《み》るものに引き上げられ、同化されてゆくものです。それで、子供《こども》には、小さい時から偉人《いじん》の伝記を読ませることが大事です。やがて、あこがれている人に似てゆくからです。それは、私たちの人生を sublime（崇高《すうこう》な、素晴《すば》らしい）なものにする。人間の心は、汚《きたな》い卑《いや》しいものも清いものに昇華《しょうか》（サブリメーション）してゆく力をもっています。

アメリカで最も尊敬《そんけい》されている人物はだれかというと、アブラハム・リンカーンです。彼は貧しい田舎《いなか》に生まれ、小学校もロクに卒業せず、継母《ままはは》からやっと文字を教わって、貧乏《びんぼう》のどん底で育った。しかし、惨《みじ》めな黒人の解放のために一生を捧《ささ》げ、ついに大統領《だいとうりょう》になって、奴隷《どれい》解放運動を起こしました。逆境を克服《こくふく》して、かくも崇高《すうこう》な生涯になったことを思うと、私たちにも希望が湧《わ》いてきます。

ですから、私は伝道生活の貧しい中でしたが、旅に出ると偉人の伝記を買ってきては息子たちに与《あた》えたものでした。それが、いちばんよい教育だからです。私も少年時代にもっと読むべきだった、惜《お》しいことをしたと思う。

二十歳《さい》を過ぎて読んだものに『プルタークの英雄伝《えいゆうでん》』があるが、感動しました。私だけかと思ったら、内村鑑三《うちむらかんぞう》先生が三十歳を過ぎてから、これを読んだ。特にアレキサンダー大王の事跡《じせき》を読んで感奮興起《かんぷんこうき》しています。偉大《いだい》なる人の生涯《しょうがい》、それは低きにつこう、動物的になろうとする人間を高める作用をもっています。

『大きな岩の顔』物語

十九世紀のアメリカの小説家、ナサニエル・ホーソーン*の作に、次のような物語があります。

×

峰々《みねみね》の連なる山ふところに懐《いだ》かれたある平和な村——この村から仰《あお》ぎ見《み》る一つの峰の切りたった山腹《さんぷく》に、自然のいたずらか、ちょうど巨人の顔を思わせる形をした岩があった。

夕陽《ゆうひ》をあび、茜《あかね》さす夕雲にまつわりつかれて、かすんだように浮かび上がるさまは、さながら生ける大天使の横顔のように、その表情は雄大《ゆうだい》にしてしかも優《やさ》しく、あたかも全人類をその愛情のうちに抱擁《ほうよう》して、なお余りあるほど寛《ひろ》やかで温かな心の輝《かがや》きそのものであった。

と、ある戸口で一人の子供がこの岩の顔を眺《なが》めながら、母親と語り合っていた。

「お母さん、あれが口をきけたらどんなにいいだろうね。とても優しい顔をしているんだもの。声もきっと美しいだろうね。もし、あれとそっくりの顔をした人に会えたら、ぼくはきっとその人を大好きになるよ」

「そう、坊《ぼう》や。もし昔からの言い伝えが本当なら、あれとそっくりの人が現れるんだろうけどね」

こう言って、母親は、昔から伝えられる予言――いつの日にか、必ずこの村から、あの大きな岩の顔と生き写しの人物が現れるという言い伝え――を、少年に話して聞かせた。

少年のアーネストは手を打って喜び、言った、

「きっときっと、ぼくはその人に会えるよね、お母さん――」

月日がたち、少年はだんだん成長していった。彼の師事する先生とてだれ一人もいなかったが、この岩の顔こそ彼の先生であった。

一日の野良《のら》仕事が終わると、いつも少年はこの顔を仰《あお》ぎ見《み》て、時のたつのを忘《わす》れた。この顔もまた、少年の崇敬《すうけい》のまなざしにこたえて、いつも慈愛《じあい》と激励《げきれい》の微笑《びしょう》を投げかけるかのようであった。

何年かたって、ついにその生き写しの人物が村に現れたという、うわさが立った。

期待に胸《むね》おどらせて、村人たちに立ちまじって迎《むか》え出《で》た彼の前に、やがて現れたのは、この村の出身で巨万《きょまん》の富を積んだという、一人の富豪《ふごう》であった。

けれども、なんとその顔は、崇高《すうこう》な岩の顔とは似ても似つかぬ、卑《いや》しい守銭奴《しゅせんど》の顔であった。

その後、戦場に三軍を叱咤《しった》したという老将《ろうしょう》軍《ぐん》、熱弁をふるって国民を率《ひき》いた大政治家など、岩の顔と生き写しといわれる人物が何回か現れたが、そのつど、彼の期待は見事に裏《うら》切《ぎ》られた。

しかし、失望の中にあっても岩の顔を仰《あお》ぎ見《み》ると、その顔は、「待て！　その人はきっと来る。心配するな、アーネストよ！」と励《はげ》ましかけるのであった。


時は過ぎ、日はたって、アーネストは年老いていった。

けれども長い年月の間、気高く愛に満ちた大きな岩の顔に、日ごとに育まれてきた彼は、ついにその顔と同じ雰囲気《ふんいき》をただよわせる人物となっていった。気高い精神、内にたたえられる素朴《そぼく》な深い知恵《ちえ》、人を包んでやまない寛《ひろ》やかな温かい心は、多くの人を引きつけずにはおかなかった。

彼の名声は、言わず語らずして四隣《しりん》に聞こえ、ついには彼を慕《した》い寄《よ》る多くの人々が、彼の話を聴《き》くために集会を開くまでになった。

壇上《だんじょう》に立つ彼、慈愛《じあい》をたたえたその横顔に白髪《はくはつ》のまつわりつくさまは、折しも夕《ゆう》陽《ひ》を受けて輝《かがや》き、夕雲に取《と》りまかれたあの大きな岩の横顔と、見よ！　全く生き写しであった。

人はその仰《あお》ぎ見《み》るものに、いかに同化せられてゆくかを見事に描《えが》いたのが、『大きな岩の顔』物語です。

×

私たちは、さまざまな人生の苦難《くなん》に打ちひしがれた時に、どうしたらよいか。それは、偉大《いだい》な人格に出会うことです。つまらぬ人間に出会っても、何の感化も受けません。卑怯未練《ひきょうみれん》な弱虫には見向きもせず、生きた偉大な人格に出会え！

私たちは凡人《ぼんじん》です。しかし憧憬《どうけい》するものに似てゆきます。信仰は待ち望むことなくして実現しません。主は言われる、

「わが顔をたずね求めよ！」（詩篇二七篇八節）と。待ち望み、仰ぎ見ている間に、必ず何かの到来《とうらい》をあなたは見るものです。

「去《さ》り逝《ゆ》く（死んでゆく）とも、しかし、その背後《はいご》に、時間の砂浜《すなはま》に足跡《あしあと》を残す」

砂浜に残した足跡は波に洗《あら》われて消えてしまうが、時間の砂浜に残す足跡は不滅《ふめつ》である。後世の人たちを高めてゆくようなフットプリンツ（足跡）を残した人こそ、ほ

んとうに偉大《いだい》な生涯《しょうがい》なのです。
私たちも、地上を去り逝《ゆ》くとき、また偉大な崇高《すうこう》な足跡《あしあと》を印《しる》すことができます。
しかし、それはこの世の成功者、また英雄《えいゆう》、豪傑《ごうけつ》が偉大《いだい》だという意味ではありません。
その足跡が問題なのですが……。

＊ナサニエル・ホーソーン…一八〇四～一八六四年。アメリカの小説家。マサチューセッツ州セーラムの旧家に生まれる。ボードイン大学でロングフェローと同級生。主著は、『緋文字《ひもんじ》』『ワンダー・ブック』など。

第八連　高尚なる足跡

（第八連）

その足跡《あしあと》は——多分、他の人、
人生の厳《おごそ》かな大海原《おおうなばら》を航行しつつある
一人の孤独《こどく》な難破《なんぱ》した兄弟が、
それを見るとき、再び勇気を取《と》り戻《もど》すであろう。

Footprints, that perhaps another,
　Sailing o'er life's solemn main,
A forlorn and shipwrecked brother,
　Seeing, shall take heart again.

人生の大海原《おおうなばら》を航行しつつ、ついに難破《なんぱ》して打ち上げられたところは、人知れぬ寂《さび》しい孤島《ことう》。

しかし、その砂浜《すなはま》に一つの芳《かぐわ》しい足跡《あしあと》が残されていた。それは、それを見た人が、人生航路の絶望から再び勇気を取《と》り戻《もど》すような足跡だった。普通《ふつう》の足跡ではない。ほんとうに偉大《いだい》な人間の足跡である。

だが、それはこの世的な位階勲等《いかいくんとう》を授かって、名誉《めいよ》を博するような足跡ではない。人生に難破し、世から見捨《みす》てられた哀《あわ》れな兄弟を勇気づけ、その生涯《しょうがい》を崇高《すうこう》ならしめるような足跡です。

――それは、いろいろあるでしょう。

日本史に残る足跡

吉野山《よしのやま》に登ってみると、南北朝時代の史跡《しせき》がいろいろ残っています。如意輪堂《にょいりんどう》の

矢じりの先で辞世の句を記す楠木正行

扉《とびら》には、南朝のために戦った楠木正行《くすのきまさつら》が、四条畷《しじょうなわて》の決戦に出かける前に、死を決して詠《よ》んだ和歌が書きつけられてあります。

　かへらじとかねておもへば梓弓《あずさゆみ》
　なき数に入る名をぞとどむる

「放たれた矢のように、再び帰ることはないと心に決めた出陣《しゅつじん》なので、死んでいった者たちの中に名を記してゆく」

全滅《ぜんめつ》することは、わかっていました。

しかし彼は、わずか百四十三名の一族郎《いちぞくろう》党《とう》を率いて、足利《あしかが》の大軍に立ち向かってゆきました。死ぬ覚悟《かくご》で生きた楠木正行《くすのきまさつら》――偉《えら》かったなあと私は思う。彼はその時、弱冠《じゃっかん》二十三歳《さい》だったと伝えられます。

この正行に、後村上天皇《てんのう》が、ご自分に仕えていた美しい娘《むすめ》を妻《め》あわせようとします。弁《べん》の内侍《ないし》という人でした。けれども正行は結婚《けっこん》を欲《ほっ》しませんでした。そして、後村上天皇へのお返事に、次の和歌を詠《よ》んでいる。

　とても世に永《なが》らふべくもあらぬ身の仮の契《ちぎ》りをいかで結ばん

「私は死を覚悟している身――朝廷《ちょうてい》を守るのが父・正成《まさしげ》よりの遺訓《いくん》、また私自身の初一念《しょいちねん》。これを思うときに、私はかりそめの結婚をして、女人を不幸にしようとは思いません」

そう言って、せっかくの良縁《りょうえん》をも辞退《じたい》しました。

ところで、正行に結婚を断られた弁の内侍は、ひとたび、己《おの》が夫と誓《ちか》ったおかた、どうして他のかたへ嫁《ゆ》けようか。

大君に仕えまつるも今日よりは心に染《そ》むる墨染《すみぞ》めの袖《そで》

「今まで天皇様にお仕えしてきましたが、正行様《まさつら》がお亡《な》くなりになった今、私は尼《あま》となって、ただ正行様のご冥福《めいふく》を祈り供養《くよう》する者となります」

そう詠《よ》みつつ、後村上天皇のもとを辞し、あわれ黒髪《くろかみ》を切って、生涯《しょうがい》、正行の菩《ぼ》提《だい》をとむらう身とはなります。

昔の日本女性の中には、私たちの心を慰《なぐさ》めてくれる高貴《こうき》な足跡《あしあと》を残した人々が、多々あります。

臆病者を勇者に変える力

聖書を開いてみると、弱く卑《いや》しい者を励《はげ》まし、崇高《すうこう》ならしめるような生涯を生きた人々の記録が載《の》っております。

例えば、今から三千年以上前のことです。イスラエルにギデオンという若者《わかもの》がおりました。

当時のイスラエルは、砂漠《さばく》からやって来る野蛮《やばん》なミデアン人によって散々に痛《いた》めつけられ、荒《あ》らされておった。そのようなときに、ギデオンは人目を避《さ》けて麦を打っていた。彼はミデアン人の圧迫《あっぱく》に行《ゆ》き詰《づ》まり、隠《かく》れて貧しい労働をしながら意気阻喪《いきそそう》していました。

ところが、このギデオンのもとに神の使いが現れて、ギデオンに「大勇士よ！」と声をかけられた。

穴倉《あなぐら》に閉じこもって、敵を恐《おそ》れて小さくなって麦打ちをしていたギデオンですから、「卑怯者《ひきょうもの》よ！」と呼ばれるならば、「はい」とすぐに返事ができたでしょう。だが、そんな臆病者《おくびょうもの》に対して、神様は「大勇士よ！」と声をかけてくださった。神様が声をかけてくださるならば、そのようになります。

弱虫のギデオンではありましたが、親しく導きたもう愛の神様を知った時に、彼の信仰はめざましく開眼しました。神が味方ならば、だれが敵《てき》しえようか！　彼に上よりの神の力が臨《のぞ》みますと、彼はわずか三百人の勇士を率いて、敵の大軍を蹴散《けち》らすことができました。

弱虫であっても、神霊の助けによって民族を救う働きをしたギデオン。

このような記事を読むと、私たちのような卑怯未練《ひきょうみれん》な者をも、勇者に変えてしまう力があることを教えられる。どうか、聖書に記された信仰者たちの姿《すがた》をお読みください。

偉大《いだい》な人々の生涯《しょうがい》は、私たちも人生を崇高《すうこう》なものにすることができることを教えてくれるのであります。私たちも、かけがえのない、崇高な人物になるために、神様を信じるのでないならば、何にもなりません。気休めや心慰《こころなぐさ》めのために信じるべきではありません。

私たちは、人生を生かすためにキリストに信じるのである。またキリストは、私たちを生かすために、信仰者の群れを導かれるのであります。

芳しい愛の生涯

私は、宗教的な芳《かぐわ》しい生涯《しょうがい》ほど尊《とうと》いものはない、と思います。宗教的な愛というもの以外、本当の意味の偉大《いだい》な足跡《あしあと》を残すことはありえない。

私の弟子《でし》であり、友でありました吉井純男《よしいすみお》君がそうでした。

彼が肺結核《はいけっかく》で死を間近にしていたときに、私は四国の高知に住む彼と初めて出会いました。そのとき、彼は二十三歳《さい》でした。私に触《ふ》れるや、キリストの霊的な生命力が彼に臨《のぞ》みはじめ、彼はたちまちに立ち上がってしまいました。新生した吉井君は求道の志もだしがたく、ボストンバッグ一つ携《たずさ》えて、四国から熊本の私のもとに信仰を学びにやって来ました。

やがて関西に、また四国へと吉井君は伝道に立ってゆきました。聖霊に満たされて、彼は至《いた》るところに神の愛と力をもってかけずり回り、祈りによって即座《そくざ》に難病《なんびょう》を癒《い》やしては、イエス・キリストの御名《みな》の不思議を知り、奇跡《きせき》続出に驚《おどろ》いて報告してくれたものです。

彼があまりにも張りつめて伝道していたので、もともと弱い体とて健康を害するように思えて、私は静養かたがた熊本に来るように勧《すす》めました。熊本に来た彼は、耳の聞こえない二人と、重い肺患《はいかん》の二人、四人の青年を自分の一室に抱《かか》えて養護し、信仰を導いておりました。弱く小さき人々を愛する喜び、自分も小さなサリバン先生*であることを喜んでいました。

その一方、自分が伝道した四国の教友たちのことを思うと、愛の板挟《いたばさ》みになっておりました。かの地の教友たちから、毎日のように「四国に帰ってきてほしい」との催《さい》促《そく》の手紙が来ていたからです。

ついに一計を案じた彼は、朝まだ暗いうちに起き、四キロ余りも歩いて熊本の水前寺公園のプールに通い、愛する友らのために、真冬の凍《こお》るような水の中にみそぎして、一人ひとりの名を呼《よ》びつつ叫《さけ》びつつキリストに執《と》り成《な》して祈っていました。愛の前には距離《きょり》を失い、祈りの中には距離もない。まなかいに一人ひとりの魂と出会って、祈りつづけました。

そうして一週間後、とうとう冷たい水の中に凍《こご》えて倒《たお》れてしまいました。愛する人々の名を呼《よ》び、祈りつつ倒れました。

世の中には、自分の信仰的精進《しょうじん》のためには、みそぎする人もあろう。しかし吉井君のように、遠く離《はな》れている友らを思って、数多くの他人のために、神の加護を水ごり懇願《こんがん》し、かく祈祷《きとう》する人があったでしょうか。彼の愛はこのように純真《じゅんしん》でした。

吉井純男君の面影

「人がその友のために自分の命を捨《す》てること、これよりも大きな愛はない」（ヨハネ伝一五章一三節）

やがて彼は、死を覚悟《かくご》して再び四国伝道の旅に立ち、二十七歳《さい》の若《わか》さにして伝道に倒れました。

真実と愛の吉井君。彼のように純一無雑《じゅんいつむざつ》、水晶《すいしょう》のように透明《とうめい》な魂を私は知りません。肉体は結核《けっかく》に冒《おか》されて弱りつつも、「キリストの使徒」として、生き狂《ぐる》い死に狂い愛に倒《たお》れた神の人でした。

立派《りっぱ》な人を救ったら当然ですが、孤独《こどく》な見捨《みす》てられた兄弟を救う生涯《しょうがい》、これこそ偉大《いだい》な人の生涯です。私たちのあるべきパターンは、こういう人生でありたい。

あの弱い体で、なんと尊《とうと》い生涯だっただろう。私は吉井君の芳《かぐわ》しい愛の足跡《あしあと》に、いつも励まされます。

だれに言うこともできない伝道の苦労を天に訴《うった》える時、ひるむような寂《さび》しい気持ちの時、彼が微笑《ほほえ》むように私の心に姿《すがた》を現すと、私は勇気を取《と》り戻《もど》すことができる。私にとって、彼は英雄《えいゆう》であります。彼の美しい芳しい足跡は、私を励まして励まして、どのように人生に難破《なんぱ》する時も、無限の勇気を与えてくれます。

私のようなつまらない者を、「先生!」と呼《よ》んで信《しん》じ抜《ぬ》いてくれた人の姿を、私は忘《わす》れることができない。吉井君の亡《な》きあと、一人になっても、私は決して信仰に水を割《わ》ったり、妥協《だきょう》したり、利害のために動かされたりはしない。私は彼の残した足跡《あしあと》を完成せずにはおられないんです。

墓場が終わりではない。死を超《こ》えても生きつづけるものがあるんです。人生に難破《なんぱ》して寂《さび》しく苦しんでいる病気の人が、あるいは悲しい運命に泣いている人が勇気を取《と》り戻《もど》すような、ハートを取り戻すような生涯《しょうがい》がある。どうか私たちも、ほんとうに生《い》き抜《ぬ》いて、芳《かぐわ》しい足跡を残す者でありたい。自分が死んで、残された足跡を見た人々が激励《げきれい》されるならば、なんと幸せではありませんか。

＊アン・サリバン…一八六六〜一九三六年。アメリカの教師。家庭教師として、盲《もう》・聾《ろう》・唖《あ》のヘレン・ケラーに、辛抱強《しんぼうづよ》く高い水準の教育を施《ほど》こした功績《こうせき》で知られる。

第九連　神の時を待て

（第九連）

されば、我らは立ち上がって行動しようではないか！
いかなる運命にも、勇気をもって。
なおも成《な》し遂《と》げつつ、なおも追求《ついきゅう》しつつ、
学ぼうではないか、働くことを、そして待つことを！

Let us, then, be up and doing,
With a heart for any fate;
Still achieving, still pursuing,
Learn to labour and to wait.

Let us, then, be up and doing,「そうであるならば、私たちは立ち上がって行動しようではないか！」

何が素晴《すば》らしい人間像であるか、偉大《いだい》な生涯《しょうがい》の足跡《あしあと》をたどるとは何か、がわかったならば、さあ、そのような尊《とうと》い人間形成をするために、立ち上がって行動しようではないか。活動しようではないか。いつまでもひるんで、わびしくしておってはなりません。先人たちの芳《かぐわ》しい足跡を見ながら、互《たが》いに励《はげ》まし合って、私たちも立ち上がろうではないか。

With a heart for any fate;「どんな運命にも、勇気をもって」

Still achieving, still pursuing,「なおも成《な》し遂《と》げつつ、なおも追求《ついきゅう》しつつ」

どんな運命に出合っても、ひしがれることなく、勇気をもって、元気を出して心から働こうではないか。しかもなお、小さな成功に甘《あま》んずることなく、絶えず成し遂げつつ、さらに大きな理想を追求しながら、立ち上がって働こうではないか！

Learn to labour and to wait.「学ぼうではないか、働くことを、そして待つことを」

この最後の句には、最初の「Let us, ……しようではないか」が、かかってきます。それで、「労働することを学ぼうではないか」となります。ただ「信仰、信仰」と言って、お祈りばかりして、手をこまねいておることではない。大きな人生の意味がわかったからには、大きな目的のために、汗《あせ》しながら働くことを学ぼうではないか！

そして、「待つことを学ぼうではないか」。実にいい言葉です。

現在はどんなに惨《みじ》めでも、神が生きていましたもうなら、待つことができます。待てずに焦《あせ》るのは信仰ではない。ある若《わか》い学生が、「ボクは早く学生服を脱《ぬ》いで、金をもうけて、自由を得たいんだ」と言うので、「何を言うか、青二才のくせに。待つことを君は知らない」と叱《しか》りました。

汗しつつ働き、学び、忍耐《にんたい》することを知らぬ人の信仰は、本当の信仰ではない。普通《ふつう》の人間は群衆心理《ぐんしゅうしんり》に駆《か》られて、人が「行こう、行こう」と言うと右へ行き、「こっちに来ないか、もうかりまっせ」と言われると、「ヨシ、そうか」と目前の金にひかれて焦《あせ》り、心が動く。それでは自分の時というものを生きることができないではないか。「ああ言われたから、こう言われたから」と、いちいち人の言葉に動いていたら、ついに自分の使命を、自分の生涯《しょうがい》を全うすることができません。

私の家に、多くの人が毎日次々と訪《たず》ねてこられるが、私は必ずしも客人とお会いしません。これは、何も威張《いば》って会わないのではないんです。だれかれ構わず接客していたら、ついに自分のことは何もできず、自分を全うしないからです。ガンジーでも、エジソンでも、人が来ても、だれとでも会談はしませんでした。

すべて成功する人間は、偉大《いだい》な人の生涯は、あれもこれも手当たり次第にしていない。ただ一事に生きて励《はげ》むのは、時を惜《お》しむからです。むしろ、天の時に生きるために、わが時をもちたいのです。短い人生、ただキリストのために充実《じゅうじつ》して生きようと思うからです。

神の啓示《けいじ》を待つ強い姿勢《しせい》で生きてください。

時機が到来《とうらい》したら、神は必ずあなたを大きく用いられるでしょう。

イギリスの大詩人ミルトンの詩の中に、

「They also serve who only stand and wait.　ただ立ちて待つ人も、同じく神に仕えるのだ」という有名な言葉があるが、待つことも、また大きな労働です。病気でベッドにくくられ、死を待つ以外にないような人でも、祈り信じて、神に尊《とうと》く仕えることができるのです。

しかし、この「人生の詩篇」の最後の句の意味は、そういう消極的な意味ではありません。信仰とは生きることなんです。神と共に生きることなんです。どんな困難《こんなん》にも積極的に挑《いど》みかかって、突破《とっぱ》することです。私たちは、手をこまねくだけの青白いインテリのような信仰はもつべきでない。

さあ、起《た》ち上がって行動しよう！　いかなる運命にも勇気をもって！

学べよ、労働することを、そして待つことを！

理想が大きければ大きいほど、働きつつ待つことを学ぶ人間にならねばならないということです。

希望の世紀に向かって

今や、文明が飛躍的《ひやくてき》に進んだ時代となりました。豊かになりました。これだけ豊かに便利な時になりましたから、人間は幸福になったかというと、そうでもない。多くの人が乏《とぼ》しさを感じています。

豊かな人もいるけれども、豊かな女性ほど家庭を顧《かえり》みずに社交夫人になるし、貧しい母親は、子供《こども》を養い育てるという、うれしい使命をも捨《す》てて労働しなければ生きられない。これが現代の文明であると思うと、なんと妙《みょう》ではないか。

どのように科学技術が進んでも、物質を変えることはできても、人間の心を変えることはできないということです。人間は、依然《いぜん》として二千年前の人間と変わらない。いや、むしろ精神的には悪くなってゆく。このままだったら大変なことになる、ということは識者の認《みと》めるところです。

ここで、ほんとうに人の心を、魂を、すっかり変えるような力が働かなければ、とてもこの時代を乗り切ることはできません。

今の私たちに必要なことは、あの迫害者《はくがいしゃ》サウロを打ち倒してキリストの大使徒パウロに変えたような、上よりの光、上よりの力を体験することです。神が一人ひとりの胸《むね》の中でささやきはじめ、行くべき道を教えてくれるような、霊的な新しい人間が発生する以外に、新しい文明は切《き》り拓《ひら》かれるものではありません。

次の二十一世紀が希望に満ちた世紀になるために、その準備をする民を生み出してゆく私たちになりたいと願います。

祝福の基

新しい年の初めに当たって、諸君《しょくん》は生き生きと未来の最善《さいぜん》を、来たるべき幸福、勝ちとるべき勝利、素晴《すば》らしい明日を、心に意識してください！

あなたの信ずるように、あなたに成る！

人間の心がかく願うと、神の霊が作用し、神の力が助け救うのであります。生半可《なまはんか》にしか信ぜぬ人には、生半可にしか成就《じょうじゅ》しません。

人間は精神的存在です。どうぞ人間の心の力というものを、もっと信じなさらねばだめです。自分の心《ハート》を卑《いや》しめる人は、決して人生で勝利を、繁栄《はんえい》を勝ち取ることはありません。他人《ひと》があなたを傷《きず》つけたとしても、あなたは決して卑屈《ひくつ》になって自分のハートを傷《きず》つけてはならない。

ハートを尊《とうと》び、尊い姿《すがた》を自身に描《えが》いて生きてゆこうではありませんか。

信仰の父アブラハムは、信仰によって歩きました。何も無いような中から、無限に有るものを創造《そうぞう》される神を信じました。そして彼は全人類の祝福の基となりましたように、日本の祝福の基を、私たちが作ろうではありませんか！

それは信仰によって、無限の神の富と力を私たちが引き寄せることができるからであります。

どうか、大きなアイデア、大きな計画を胸《むね》に描《えが》いてください。

大きなビジョンでなければ、大きな夢でなければ、私たちの血汐《ちしお》は沸《わ》きたたず、魂は躍動《やくどう》しません。どうか、信じ方、考え方を変えてくださるように切にお願いします。

神が必ずや祝福されることを信じて疑《うたが》いません。

さあ、諸君《しょくん》よ、神の呼《よ》び声《ごえ》に応ずる英雄《ヒーロー》になろうではないか！

（完）

〈付記〉

ロングフェローとその時代

詩人ロングフェロー（Henry Wadsworth Longfellow）の生きた十九世紀のアメリカは、未来への希望に満ちた若《わか》い国であった。

イギリスの植民地から独立した「十三州」に各州が加わって、着々と新国家建設は進んでいった。また、広大な西部に向かって開拓《かいたく》移住は盛《さか》んになり、文字どおり成長と躍進《やくしん》の時代であった。折しも、貧しい開拓者の子であるA・ジャクソンが、独学で幾多《いくた》の困難《こんなん》を乗《の》り越《こ》え、一八二八年、合衆国大統領《がっしゅうこくだいとうりょう》に選ばれたのも、自由と平等の気風を示すものである。

一方、北部ニューイングランドにおいては、都市中心の生産工業が興《おこ》り、旧式の農漁業を圧倒《あっとう》して一種の産業革命《かくめい》が行なわれていた。この政治、経済《けいざい》、社会の変革の背景《はいけい》に、宗教精神界に新しい目覚めが起こりつつあった。

それまで支配していたキリスト教カルビン派《は》の、厳格《げんかく》で道徳的な清教徒《ピューリタン》の精神は、どちらかといえば、保守的な、用心深い、勤労《きんろう》いちずの気風であった。しかし、十九世紀に入ると、そんな因習的な思想の束縛《そくばく》を解放しようとする自由主義の精神や信仰（例えばユニテリアン派）が顕著《けんちょ》になった。

そして、旧来の宗教によって陰気《いんき》にこわばった精神と感覚に光が射《さ》して、ルネッサンスとも呼《よ》びうるような「文芸の開花」の時がニューイングランドに到来《とうらい》した。人々は、ストイック（禁欲的）な人生観に代わって楽天的な人生観を求めた。文学者は、ある意味で宗教家に代わって時代の精神的指導者の役割《やくわり》を果たしたのである。ロングフェローがその一人であり、R・W・エマーソン、N・ホーソーン、H・D・ソローらが活躍《かつやく》している。

さて、簡単《かんたん》にロングフェローの生涯《しょうがい》を見てみよう。

彼は一八〇七年、ニューイングランドのメイン州ポートランドの地に生まれた。父は地位の高い弁護士であったが、その家系《かけい》は父方も母方もアメリカ建設時代の古い家族にまでさかのぼる。

ボードイン大学（Bowdoin College）において、N・ホーソーンと同級で学び、彼とは終生の友情を結んだ。十八歳《さい》で卒業すると、ヨーロッパに三年間留学（ドイツ、スペイン、イタリアなど）。帰国後、母校の教授となった。

一八三五年、ハーバード大学の教授に就任《しゅうにん》。一八五四年に辞職するまで熱心に教え、また講義の傍《かたわ》ら詩集を次々と出版していった。そして、十九世紀のアメリカで最も人気のある国民詩人となったのである。

彼の詩は、明るく滑《なめ》らかな言葉とリズムをもち、何人《なんぴと》にも味わいやすい。その内容は単純《たんじゅん》で、だれでも感じうるような喜びや悲しみ、勇気をうたい、健全な道徳的な教えで建国途上《とじょう》の民衆《みんしゅう》を励《はげ》ました。今もアメリカ青少年の教養の重要な部分をなしている。

本書で取り上げられた、「A Psalm of Life　人生の詩篇」は、最初の詩集『Voice of Night 夜の声』（一八三九年）の中に含まれている。この詩のできた状況《じょうきょう》を彼自身が記している。それは、外遊先で夫人を失ったその寂《さび》しさに耐《た》えがたく、消え入るばかりに過ごしていた三十一歳《さい》のころであった。

「そのころの私は、全く死の虜《とりこ》になっていた。長い間、私の心は陰鬱《いんうつ》な思いでいっぱいだった。ところが、ある朝突如《とつじょ》、窓《まど》の外に昇《のぼ》りゆく荘厳《そうごん》な太陽を自分の部屋から眺《なが》めながら、神の被造物《ひぞうぶつ》の美しさと摂理《せつり》の素晴《すば》らしさを賛美せずにおられなくなった。その時に、私は一気にこの詩を書き上げたのだった」

——このようにして、夏の明るい朝、フツフツと湧《わ》き上《あ》がる詩情が消えぬ間に、手近な招待状の余白に急ぎ書《か》きこまれたのだった。

彼にとって、これは回心の経験であろう。

「人生の詩篇」は、彼自身を励《はげ》ましたばかりでなく、多くの人の魂をも揺《ゆ》り動《うご》かし、今日もなお人々に愛誦《あいしょう》されている作品である。

彼は、一八四三年に再婚《さいこん》したが、後にその夫人も焼死した（一八六一年）。

この、たび重なる悲しみと孤独《こどく》の思いの中からも、前途《ぜんと》の光明を望み、文学と学問の仕事を雄々《おお》しく続けていった。

このロングフェローという人物と詩の中に、アメリカ理想主義の美しい華《はな》を人は見出《みいだ》すであろう。

（編者記）

A Psalm of Life
（人生の詩篇）

Henry Wadsworth Longfellow

ヘンリー・ワズワース・ロングフェロー作

WHAT THE HEART OF THE YOUNG MAN SAID TO THE PSALMIST
こと　心が　の　若い人　語った　に　詩篇の作者

Tell me not, in mournful numbers,
語る 我に なかれ で 悲しげな 詩篇

“Life is but an empty dream!”
人生は である ただ一つの むなしい 夢

For the soul is dead that slumbers,
なぜなら 霊魂は 死んでいる ところの 眠っている

And things are not what they seem.
そして 物事は でない ところのこと それらが 思われている

Life is real! Life is earnest!
人生は である リアル 人生は である 真剣な（熱心な）

And the grave is not its goal;
そして 墓場は でない その 終点

“Dust thou art, to dust returnest,”
塵 汝は である に 塵 帰る

Was not spoken of the soul.
でなかった 語られた について 霊魂

Not enjoyment, and not sorrow,
あらず 享楽は また あらず 悲哀は

Is our destined end or way;
である 我らの 定められた 目的 または 道

But to act, that each to-morrow
むしろ 行動すること のために 各々の 明日が

(2)

Find us farther than to-day.
見出す 我らを より遠く よりも 今日

Art is long, and Time is fleeting,
芸術は 長い そして 時間は 速く過ぎ去る
And our hearts, though stout and brave,
そして 我らの 心臓は たとえ 屈強な かつ 勇敢な
Still, like muffled drums, are beating
なおも のごとく 覆われた 太鼓 打ちつつある
Funeral marches to the grave.
葬式の 行進曲を に向かって 墓場

In the world's broad field of battle,
において 世界の 広い 場 の 戦闘
In the bivouac of Life,
において 露営 の 人生
Be not like dumb, driven cattle!
ある なかれ のごとく 唖の 追われた 牛、家畜
Be a hero in the strife!
であれ 英雄 において 闘争

Trust no Future, howe'er pleasant!
頼る なかれ 未来に いかに〜あっても 楽しく
Let the dead Past bury its dead!
せしめよ 死んだ 過去をして 葬る その 死者
Act, — act in the living Present!
行動せよ 行動せよ において 生ける 現在
Heart within, and God o'erhead!
心（勇気） 内に そして 神 頭上に

(3)

Lives of great men all remind us
生涯は の 偉大なる 人々 皆 思い出させる 我らに

We can make our lives sublime,
我らは できる なす 我らの 生涯を 崇高に

And, departing, leave behind us
そして 逝けども 残す の後に 我ら

Footprints on the sands of time; —
足跡を 上に 砂 の 時間

Footprints, that perhaps another,
足跡 ところの 多分 他の人

Sailing o'er life's solemn main,
航行して の上を 人生の 厳そかな 大海原

A forlorn and shipwrecked brother,
一人の 見捨てられた そして 難破した 兄弟が

Seeing, shall take heart again.
見ては であろう 得る 勇気を 再び

Let us, then, be up and doing,
我らは〜しよう されば 立ち上がる そして 行動する

With a heart for any fate;
をもって 勇気 対して いかなる 運命に

Still achieving, still pursuing,
なお 成し遂げつつ さらに 追求しつつ

Learn to labour and to wait.
学ぶ 労働すること そして 待つことを

「人生の詩篇」を読む　定価 800 円（本体 728 円）

2019 年 10 月 15 日　第 1 刷発行
2022 年 7 月 4 日　第 2 刷発行

講述者　手　島　郁　郎
発　行　手島郁郎文庫

〒158-0087　東京都世田谷区玉堤 1-13-7
電　話　03-6432-2050
F A X　03-6432-2051
郵便振替 01730-6-132614

印刷・製本　三秀舎

ISBN 978-4-89606-070-6